新・若さま同心　徳川竜之助【七】

大鯨の怪

風野真知雄

JN259566

双葉文庫

目次

大鯨の怪

新・若さま同心　徳川竜之助

序章　偉大なる巨体

一

「寒いなあ。雪が降ってくるんじゃねえか」

歩きながら定町廻り同心の矢崎三五郎《やざきさんごろう》が言った。

肩をすくめ、首の回りには襟巻を何重にも巻きつけている。吐く息も真っ白である。

「寒いですか？」

あとから歩いている見習い同心の徳川《とくがわ》――いや、福川竜之助《ふくがわりゅうのすけ》が訊《き》いた。

「福川、おめえ、寒くねえのか？」

「いや、まあ、言われてみれば、そんな気が」

とは言ったが、じつはそれほど寒くない。

やよいが実家からもらってきた熊の毛皮で、半袖の胴着をつくってくれた。これを着物の中に着込んでいるのだが、じつに暖かい。身体にだけ春が来たみたいである。

「そういえば、福川って風邪とかもひかねえよな」

「そうですか？」

「おめえの咳とかクシャミの音って聞いたことねえぞ」

「ゴホッ、ゴホッ、ハックション」

「この、馬鹿野郎」

くだらないやりとりをしながら、矢崎、竜之助、岡っ引きの文治《ぶんじ》、中間《ちゅうげん》一人の一行が、築地本願寺の裏手、小田原町《おだわらちょう》あたりにやって来ると、海辺のあたりがなんとなくざわざわしている。

漁師たちが慌てたように行き来していて、野次馬らしき連中もいた。

「矢崎さん。なんか、あったみたいですね？」

「土左衛門《どざえもん》でも上がったかな」

河岸のほうに出た。

前は築地の海である。雲を映してどんよりと鈍い色だが、波は穏やかである。

ざっと見渡しても、とくに土左衛門が上がったようすなどはない。

「おい、なんかあったのかい？」

矢崎がわきにいたおかみさんに訊いた。

「なんか、クジラが入って来たみたいですよ」

「クジラが！」

どうやら江戸湾にクジラが迷い込んで来たらしい。

たまにそういうことはある。

そのつど、江戸中から見物客が訪れ、大騒ぎになる。江戸っ子がいかに物見高いか、おそらくクジラも驚いているだろう。

だが、ここで見る限り、クジラの姿は見えない。

「よおし、行くぞ」

漁師が四人ほど、後ろから駆けて来た。

そのうちの一人に、

「おい、クジラを仕留めるつもりか？」

と、矢崎が訊いた。

「そりゃあ、漁師になったからには、一度は揚げてみたい魚ですからね」

「でも、そんなんで仕留められるのかい？」

と、竜之助がわきから訊いた。

その漁師が持っているのは、せいぜいアワビを突くような小さな銛《もり》である。

ほかの漁師に至っては、竹槍を持ったのもいる。どうやら急遽、物干し竿の先を切ってつくったらしい。

「まあ、やってみなくちゃわからねえでしょう」

そう言って、漁師四人は舟に乗り込んで出て行った。

鉄砲洲《てっぽうず》のほうからは、七、八人が乗った猪牙舟《ちょきぶね》が沖に向かうところである。

「あれは、見物の舟ですね」

「まったく物見高いやつらだな」

「矢崎さん。これは、町奉行所としても打っちゃってはおけないでしょう？」

と、竜之助は言った。

興奮のあまり、クジラによじ登ろうなどという者も現われるかもしれない。そうなると怪我人も出るだろう。

とにかく江戸っ子というのは、すぐにお祭り騒ぎをおっ始めるのだ。

クジラが大きな神輿《みこし》に早変わりしてしまう。

「打っちゃっておけないって、なにをするんだ？」

「おいらたちも行きましょう。おい、文治、舟を手配してくれ」

「わかりました」

文治は河岸に係留してある小舟を借りるのに、近所の漁師の家に向かった。

「おい、福川。無茶はよせ」

「なにが無茶なんです？」

「クジラなんてものには無闇に近づくもんじゃねえ」

「でも、漁師や野次馬たちは出ちゃってますよ。止めるにせよ、なんにせよ、ここでは無理です」

竜之助がそう言ったとき、

「弥次郎丸《やじろうまる》と書いた小舟を使ってもいいそうです」

と、文治がもどって来た。

「さあ、矢崎さん」

「お、おいらは陸を走るのはいくらでも平気だが、水の上はあまり得意ではないんだ」

「そんなことを言っている場合ですか」

「家には十一人の子どもが待っているし」

ずいぶんな怯《おび》えようである。

海に怯えているというより、クジラを恐れているのかもしれない。

「もう少しでっかい船を拾って追いかけるよ」

「じゃあ、お先に」

竜之助と文治は小舟に乗り込んだ。

「文治。おいらが漕《こ》ぐよ」

「とんでもねえ。同心さまに漕がせて、岡っ引きが後ろでふんぞり返っているわけにはいきませんよ」

そう言って、櫓《ろ》を取り、慣れた手つきで漕ぎ出した。

「文治はクジラを見たことはあるのかい？」

「いや、切り身はありますが、生きたやつはないです」

「大きいらしいな」

「ええ、大きいでしょう」

「ゾウとどっちが大きいのかな？」

ゾウは見たことがある。一時、蜂須賀《はちすか》家の美羽《みわ》姫が飼っていた。

「そりゃあ、クジラでしょう」

「クジラは食ったことないなあ」

「うまいもんですぜ」

「刺身にしたら、何人前取れるかな」

「百万人分？」

「そんなには取れねえだろう」

暢気《のんき》な話になった。

いざ、漕ぎ出すと、江戸湾は広い。風も冷たい。

漁師や野次馬たちの舟はひたすら南に向かっている。

深川のほうからも舟が来た。

品川のさらに沖まで進む。

「福川さま。あのあたり」

「ああ、いるな」

舟が集まっている。三十艘近い数である。屋形船も何艘か混じっていた。

「あ、あそこ」

文治が指差した。

「ほんとだ、クジラだ」

一町（約一〇九メートル）ほど向こうに、黒い巨体が見えた。ただ、浮世絵で見るほど真っ黒ではない。

ゆっくり泳いでいる。

その悠々とした動きは、人間のせせこましさを笑い、なだめているようでもある。

「あら、福川さま」

瓦版屋のお佐紀《さき》が来ていた。

紙と筆を持ち、クジラの絵を描いているのだ。

「よう、お佐紀ちゃん。大変だな」

「いいえ、瓦版にはいちばんありがたいできごとですよ」

「それにしても、クジラって凄《すご》いな」

「ええ、でも、大丈夫ですかね」

「なにが？」

「安房《あわ》の勝浦《かつうら》あたりには、クジラ漁に慣れた漁師がいっぱいいるらしいですが、江戸の漁師にはクジラ漁の経験がある人はいないと思いますよ」

「そうだろうな」

「やめたほうがいいと思うんですけど」

と、そこへ——。

二丁櫓の大きめの舟が漕ぎ寄って来た。

漕ぎ手二人の他に乗っていたのは——。

「美羽姫さま！」

阿波徳島藩蜂須賀家の姫君である。竜之助とは幼いころ、許嫁《いいなずけ》となっていたが、ただこの約束はどうもなかったことになりそうだった。

「まあ、竜之助さま」

文治がわきにいる。徳川の名を出されるのではとハラハラしてしまう。

「なにしにこちらへ？」

「なにしにって、クジラを見に来たに決まってるじゃありませんか」

そのとき、周囲の舟からいっせいに、

「うぉーっ」

という喚声が上がった。

クジラが高々と潮を吹いた。

「凄い」

一瞬、海の上に小さな虹が浮かんだ。

そこへ、漁船一艘が近づいて、漁師が銛を放った。

だが、当たらない。

「竜之助さま、漁を止めさせられませんか？」

と、美羽姫が言った。

「なぜ？」

「だって、可哀そうじゃないですか？　ゾウだって、皆が槍で殺そうとしたら、あたしは止めます。クジラもいっしょです。亜米利加の漁師たちは、あのクジラをいっぱい獲るため、日本の海までやって来るそうですよ。まったく、可哀そうとは思わないのかしら」

美羽姫は憤慨した。

「でも、クジラを獲れば、漁師も暮らしが楽になるのでしょう」

「では、わらわがあのクジラを買い上げればいいのでしょう」

「クジラ一頭を？」

「はい」

と、うなずいた顔は本気である。

蜂須賀家の財力をもってすれば、可能なのかもしれない。

「でも、買ってどうするのですか？」

「築地の海で飼いたいところですが」

「飼う？　クジラを？」

クジラに手綱をつけ、それを引いている美羽姫の姿が浮かんだ。それはそれで絵になる気がした。

「それは無理でしょうから、逃がしてあげます」

「はあ」

相変わらず突飛な姫さまである。

「それ、もっと前へ進め！」

妙な叫び声がした。

後ろからやって来たのは、お船手組《ふなてぐみ》の軍船だった。なぜか、矢崎も乗っているではないか。いっしょにいた中間は置いてきたらしい。

「もっと、近づけ！」

先頭にいるのは、やけに殺気立った水主《かこ》同心である。

「クジラごときに怯えるな。敵だと思え！」

どんどんクジラに迫って行く。

「あれは危ないぞ」

竜之助がそう言ったとき、クジラが大きく身を翻した。

ざっぷーん。

という音がして、大きな波が立ち、近寄っていたお船手組の軍船がひっくり返った。

「あ、矢崎さんが」

海に投げ出されている。

「あっぷ、あっぷ。助けてくれ」

竜之助を見つけて、泳ぎながら手を振っている。

急いで近づき、舟に引っ張りあげた。

すばやく濡れた着物を脱がせ、熊の毛皮を貸してやる。

他に落ちた者も、次々に周囲の舟に助け上げられている。

その隙に、クジラは危機を察知したのか、向きを変えて沖のほうへ逃げて行った。このまま江戸湾から出て行ってくれたらいい。

「まったく、乗せてもらったはいいが、あの馬鹿のせいでひどい目に遭った」

矢崎がぶるぶる震えながら、別の舟に助けられたお船手組の同心を睨《にら》んだ。

「まあ、無事でなによりですよ」

文治が慰める。

「それにしても、クジラは凄かったですね」

竜之助は、見えなくなりつつあるクジラを見送りながら言った。あれくらい大きなものになると、荘厳であり、偉大さすら感じられたのだった。

二

深夜である――。

そこは奇妙な屋敷だった。

広い庭一面が石畳になっているのだ。

その石も模様がほとんどない砂岩でできているらしい。

樹木などはいっさい見当たらない。いや、草も生えていない。

ひどく無機質で、均一な空間になっているのだ。

その真ん中に男がいた。

若く、逞《たくま》しい身体をしている。

「とぉっ、てやっ」

男は、剣を振るっている。

もう二刻（四時間）ほどになる。

この寒いときに、上半身は裸である。それでも、身体中から汗が噴き出し、湯気が上がっているのだ。

いかに、真剣に稽古をしているかが、それでわかるというものである。

ただ、暗くてよく見えないのだが、男が振るっている剣は、なんとなく変なのである。

どうもふつうの剣ではないらしい。

振るたびに、
かしゃ、かしゃ、かしゃ。

という、微《かす》かな音がしているのだ。

ふつうの剣なら、目釘でも緩んでいるのではないかと、心配になってしまう。

だが、気にもしていないところを見ると、目釘のせいではないらしい。

しかも、どうやら二刀流らしい。

二刀を振り回しながら、目まぐるしく駆け回るのだ。

さぞや疲れるはずであるが、男はそんなそぶりを見せない。

やがて、男は言葉を放ち始めた。

「この剣で、天下を取ってやる。むろん、倒すのは、徳川家だ！」

なんと、男は打倒徳川を語っているではないか。

「聞けば、徳川家には、葵新陰流《あおいしんかげりゅう》なる剣が伝わっているそうな。そんな剣など、わしのこの剣には勝てるはずがない！」

男はまたひとしきり剣を振るった。

なにやら、男の剣を見ていると、そこだけ嵐が起きているようにも見える。

「見よ。奥羽《おうう》新陰流、百刃《ひゃくじん》の剣！」

鋭い声が、夜の闇の中を走った。

第一章　小さな盗み

一

クジラの騒ぎから五日ほどして――。

竜之助がめずらしく早めに奉行所から八丁堀の役宅にもどると、すぐあとから見知らぬ男が訪ねて来た。

「どうも、どうも」

「え？」

まだ、玄関の上がり口にいた竜之助と、迎えに出て来たやよいは、怪訝《けげん》そうに男を見た。ここらでは見たことがないような巨体である。

「あっはっは、どすこい、どすこい」

「お相撲さん？」

やよいが訊《き》いた。

「若。わたしです、わたし」

「なんだ、爺《じい》ではないか」

田安《たやす》家の爺こと、支倉辰右衛門《はせくらたつえもん》である。

このところ、竜之助の家に来るときは、変装をしてやって来る。最初は、いかにも身分の高そうななりで同心の屋敷に来られるのは困るからというので始まったのだが、いまやすっかり楽しみになったらしい。今日はなんと相撲取りに扮していた。

「驚いたなあ」

「どうです。うまく化けてるでしょう」

支倉は小柄で痩《や》せているのに、上背もあり、肥っていて、堂々たる体軀《たいく》である。

「ああ、いったいどうやったんだ？」

竜之助は、爺の着物の下を見せてもらった。

肥っているように見せかけているのは、着物の下に座布団を入れ、重ね着をしただけだが、驚いたのは足である。なんと、下駄を二重に履いているのだ。

最初の下駄に足袋をかぶせ、それで高下駄を履いた。これで、じっさいの上背より七寸（約二十一センチ）くらい上乗せしている。さぞや歩きにくかっただろう。

「凄《すご》いな。下駄の重ね履きは」

「いやあ、気持ちいいですねえ」

「気持ちがいい？」

「わたしはご存じのように貧相な身体をしていますのでね、若いときから大きな男には憧れがあったんです。こうして胸を張って歩くと、ほんとに悠然とした気持ちになれますよ」

「そうかい？　別に、爺は人間が大きいんだから、背丈なんかどうだっていいだろうよ」

「え？　いま、なんと？」

「爺は人間が大きいんだから」

ちょっとのあいだ、爺は竜之助を見つめたが、

「ううっ」

と、泣き出した。

「おい、どうした？」

「お世辞でもそんなことを言っていただくと」

「いや、お世辞なんかじゃねえ。おいらがこうやって好き勝手をしていられるのは、爺の人間の大きさのおかげだと思ってるぜ」

じつは昨日も、

「評定所の会議で、竜之助さまのお名前が出ています」

と、町奉行から言われた。

評定所というのは、和田倉御門の近くにある屋敷で、ここでは町奉行や寺社奉行、勘定奉行、大目付といった幕府の重鎮が集まり、大名の処分や民政についても協議する重要な会議が開かれるのだ。

「わたしの名が？」

「田安家の竜之助さまは、表に出たがらないが、じつは逸材だと。こうしたご時世なので、なんとしても表に出てもらいたいものだと」

「とんでもない。それは勘弁してくださいよ」

竜之助は本気で頭を下げた。やっとなれた憧れの町方同心である。政治の話などにはぜったい関わりたくない。

「わたしも同心として働かせているなどと言おうものなら、どんな非難を浴びせられるかわからないので、しらばくれていました。だが、田安の家の用人である支倉どのが頑固でなかなか会わせてくれないとこぼしてましたよ」

「爺が……」

と、そういうやりとりがあったばかりなのだ。

それは、支倉が竜之助のわがままを許し、他からの非難をごまかしたり、なだめたりしてくれているから、やれていることなのである。まさに、支倉の人間が大きいからと言っても過言ではない。

「いや、若からそう言っていただけるとは。この支倉、今後も精進する所存です」

爺は頭を下げた。

「それはともかく、なんか用事があったんだろう?」

「もちろんです。じつは、とある大名家のお姫さまが、お輿入《こしい》れするさいにご実家が持たせてやるつもりだった宝物が盗まれましてな」

「お姫さま？　美羽姫じゃないよな？」

「違います。が、美羽姫さまとは仲がよい姫で、土佐藩の桜子《さくらこ》姫さま」

「ああ」

会ったことがある。ゾウが江戸にやって来たという騒動のとき。桜子姫と美羽姫が、ゾウを土佐藩邸に匿《かくま》っていた。

あの美羽姫と気が合うくらいだから、相当変わった姫である。

「それで、盗まれたことは、嫁ぎ先への外聞もあって、あまりおおっぴらにしたくない。ひそかに解決してくれる人はいないかと、相談されましてな」

「いつのことだい？」

「盗まれたのは十日前です。それで、土佐藩の藩士もいろいろ調べたり、探したりしたのですが、まったくわからない。たしかに、変な盗まれ方だったみたいなのです」

「なるほど」

「そんな謎が解けると言ったら、むろん、わたしには若以外に考えられない。お忙しいのは重々承知ですが、お願いできませんか？」

「そりゃあ、まあな」

竜之助も、爺には好き勝手をさせてもらっているという疚《やま》しさや感謝の思いもある。

「お引き受けいただけるので？」

「やってみるよ」

「ありがとうございます」

「それで、藩邸から盗まれたのかい？」

「違います。注文していた先から盗まれました」

「ものはなんなのだい？」

「どうも、猫の人形だったみたいです」

「猫の人形？」

竜之助は思わず、玄関の隅にいた黒い仔猫の黒之助《くろのすけ》を見た。まだ飼い始めて何日も経っていない。だが、いまでは可愛くて堪《たま》らないくらいになっている。

「じつは、桜子姫さまは生きものが大好きで、いろいろ自分でも飼っておられました。ところが、嫁ぎ先というのが、お相手はもちろん、屋敷の者全員が生きものの嫌いだそうで、人形でさえ嫌がるくらいなんだそうです」

「そりゃあ、極端だな」

「それで、姫さまもお寂しいだろうからと、いつも肌身につけておけるような、人形を持たせてあげようとしたわけです」

「それはいいな」

竜之助がそう言うと、玄関口に座っているやよいも、大きくうなずいた。

「その、人形が完成間近というときに盗まれてしまったのです」

「なるほど」

話を聞いていたやよいが、

「でも、桜子姫さまは、そんなところにお嫁に行くなんて可哀そうですね」

「そうじゃな。だが、大名家の婚姻などは、当人の望みなどまったくおかまいなしだからな」

「だったら、ぜったい幸せになんかなれないとわかり切ってるじゃないですか」

「ま、そこは、人間というのは、新しい家に入れば、そこで別の楽しみを見出したりするものなのさ」

「そうですかね」

やよいは首をかしげた。

「いや、わしも可哀そうとは思うが、そこまで口は出せないし。せめて、その猫の人形を見つけてあげられたらと思うわけさ」

二

まだ暮れ六つ（午後六時）にはすこし間があったので、竜之助はざっと事情を聞いておくことにした。

爺から教えられたのは、小網町《こあみちょう》一丁目の職人の家だった。

「蟻助《ありすけ》って人の家はこのへんかい？」

表通りの小網町の番屋で訊いた。この番屋は、日本橋にも近いし、人通りも多いので、かなり大きなつくりになっていて、いつも三、四人は詰めている。

「ああ、名人の家ですね」

見覚えのある番太郎が奥の部屋から出て来て言った。

「細工職人なんだろう？」

「細工職人たってただの職人じゃありませんぜ。小さい左甚五郎《ひだりじんごろう》とさえ呼ばれる名人なんです」

「小さい左甚五郎？　身体が小さいのかい？」

「身体も小さいけど、つくるものがとにかく小さいんです」

「ふうん」

「あの人に仕事を頼もうと思ったら、ひと月ほどは家の前に並ばなくちゃいけません」

「ほう」

場所は、この路地を入ったところにある一軒家だという。

行ってみたら、ほんとに人が並んでいる。

縁台があり、そこに四人が腰をかけていた。町人が三人、武士が一人である。

それを見ながら中に入ろうとすると、

「駄目だぞ、割り込みは」

と、武士が言った。身なりも立派なまだ三十くらいの若い武士である。

「おいらは町方の者で」

「町方がなんで蟻助のところに？」

「いや、それは」

言うわけにはいかない。

「町方だろうが、なんだろうが、皆、並んでいるのだ。横入りは駄目だ」

武士は頑固そうである。

四人なので、ひとまず並ぶことにした。

「蟻助さんは、人形をつくる細工職人なんですか？」

と、隣に座っている若旦那ふうの町人に訊いた。

「知らないで来てるんですか？　つくるのは人形に限りませんよ。森羅万象、この世にあるものならなんだってつくる。小さなかたちにしてね。しかも、ただ小さいだけじゃないんです。洒落《しゃれ》た意匠が凝らしてあって、しかもきれいなんです」

「それは木彫りかなにか？」

「そりゃああれだけの名人だから木も彫れるだろうけど、ふだんはやりません。金、銀、銅」

そこまで言うと、二番目に並んでいた武士が、

「鉄もやるぞ」

と、付け足した。

「それに七宝《しっぽう》焼きという南蛮《なんばん》から来た製法で、いろんな模様をつけるのです。その細工の見事なことと言ったら。なんせ、南蛮人がおったまげるんです。こんないいものをつくる職人は、南蛮にもいないって」

「ほう」

それはぜひ見てみたい。

「それで、あんたはなにをつくってもらうんだい？」

と、竜之助は訊いた。

「あたしは狸ですよ」

「狸なんか、ほかにいくらもあるだろうよ」

「そりゃあ、蟻助さんの仕事を見ないとわからないですよ」

「そんなに凄いのかい？」

「とにかく一目見たら虜《とりこ》になってしまいます。どんな美女よりも自分のものにしたいって思ってしまうんでさあ」

「へえ。でも、こうやって並んでいるあいだにできるものではないのだろう？」

「それはそうです」

「だったら、並ぶなんて無駄なんじゃねえのかい？」

「蟻助さんは注文を受けると、余裕を持って、でき上がりの日にちを約束するのです。意匠によっても違いますが、だいたいひと月からふた月後です。もう、それはずうっと先、二年後くらいまで埋まってますがね。ところが、蟻助さんは仕事熱心で、とにかく一心不乱につくりつづけますから、たいがい約束の半分くらいで仕上がるわけです。すると、空いた予定の分を、ここに並んでいる人の注文を受けるわけです」

「なるほど」

「それは、いつ、そんなことになるかわからない。だから、こうして並んでいる必要があるってわけですよ」

「じゃあ、夜通しずうっと？」

「いや、それは今日一日の仕事が終われば、完成したものはないとわかるので、我々も帰ります」

「ふうん」

「もちろんあたしたちも、ふつうに順番待ちもしていますよ。だが、こうやって並べば、もう一つつくってもらえるわけです」

若旦那ふうの男は、顔に欲の深さをにじませた。

「高いんだろうな」

「そりゃあ、高いですよ。でも、けっして損したとは思わない。じっさい、蟻助さんから買ったものを、ほかに売ろうとしたら、買値より安くなることはあり得ないんです。このあいだは、虎の置き物を吉原で見せたら、札差《ふださし》の武蔵屋《むさしや》という人が四百両で売ってくれと言い出したそうですよ」

「四百両！」

「それくらい欲しがる人がいるってことです」

「小さいらしいね」

「小さいです。しかも、ふつうは材料費が安くなるんだから、小さいほど安いのがふつうです。蟻助さんのは、小さいほど高いんです。それだけ細工に手間がかかるし、また、蟻助さんは小さいものほど根を詰めて、いいものに仕上げるんです」

「ふうん」

相当に厄介な職人らしい。

「ごめんなさいよ。今日はもう、仕事を終えますので」

おかみさんらしき人が家の中から外に声をかけると、並んでいた四人は文句も言わず、帰って行った。また明日も並ぶつもりらしい。

さあ、やっと話が訊けると思ったそのとき——。

人が駆け出すような音がしてきた。

何人もの男たちが、大慌てで右手のほうに駆けて行ったのが見えた。ふつうの慌て方ではない。

三

竜之助は路地を出て、さっきの番屋に訊いた。

「なんだ、いまのは？」

「さあ、魚河岸でなんかあったみたいですね」

と、番太郎も提灯《ちょうちん》を用意して、駆けつけるつもりらしい。

ここからもすぐの日本橋の魚河岸で、騒ぎ声がしている。

河岸の連中は気が荒い。

——どうせ、また喧嘩だろう。

とは思ったが、おおごとになる前に止めないとまずい。

竜之助は番太郎より先に駆けつけることにした。

道はすでに暗くなっているが、夜やっている飲み屋の明かりで、足元が危ないというほどではない。

「どうした？」

「クジラが揚がったんです」

「クジラが？」

魚河岸の前を流れるのは日本橋川で、ここに漁師たちが獲ってきた魚を揚げるため、大川をさかのぼってきた舟がつけられる。

いまは夜で、そうたくさんの舟はないが、朝などは魚を揚げる舟が混み合って、なかなか岸に着けられないくらいである。

その日本橋川に大きな黒いものが浮かんでいる。

ただ、雲がかかっていて、月明かりはなく、岸辺から提灯を差し出すくらいでは、はっきりとはわからない。

この前のクジラが、また湾内に迷い込んで来たのかもしれない。

「もどって来たら、品川の沖にこいつが浮かんでいたんだ。たぶん、五日ほど前、品川沖に来ていたやつだろうな。ぐったりしていたので、そのまま二、三本銛《もり》を打って、引っ張って来たってわけよ」

漁師が解説していた。

「いやあ、こいつは春から、市場にとっても縁起がいいよ」

「そうだろう」

誰かが舟を伝って、クジラに触ろうとした。

「おう、駄目だよ。触ったりしちゃ。大事な売り物なんだ」

それでも触ろうとするやつがいる。

「触ったら、これ一頭丸ごと買ってもらうぜ」

「おっと、そいつは無理だ」

慌てて離れたらしい。

竜之助のわきにいた酔っ払いの二人連れが、大声で話し出した。

「クジラはうまいんだよなあ」

「うまいか？」

「うまいよ。あれは魚のうまさじゃねえな。薬喰いのうまさだ」

「おめえ、薬喰いが好きだからな」

「ああ、そうよ。それにクジラは小さい魚と違って、場所によってぜんぜんうまさが違うんだ」

「まぐろだって、場所によって味は違うぜ」

「あんなもんじゃねえ。ぜんぜん違うんだ。おれみてえに、安房の生まれじゃねえとわからねえだろうな」

「へえ、そうなのか」

「明日あたりは、ここらの飲み屋でもクジラが食えそうだ。楽しみだぜ」

「じゃあ、おれもその味の違いとやらを確かめてみるか」

酔っ払い二人は、機嫌よさげにいなくなった。

竜之助は、大きさを測るのに、頭のところから尻尾《しっぽ》まで歩いた。

三十歩。

竜之助の一歩は、二尺（約六十センチ）なので、このクジラの大きさは十間（約十八メートル）くらい。

――この前江戸湾で見たクジラよりは大きい気がする。

もっともあれは目で見ただけだから、正確なところはわからない。

まだ夜である。

明るくなってから解体しようということで、見張りをまかせ、漁師たちは皆、いったん引き上げるようだった。

竜之助も、なにがあったかは確かめたので、蟻助の家にもどった。

四

蟻助の家にもどって来ると、

「ごめんよ」

と、顔を出した。

「あ、同心さま」

五十くらいの、でっぷり肥った女が出て来て言った。

「蟻助さんのおかみさんかい？」

「はい。もしかして、桜子姫さまのことで？」

「そう」

「桜子姫さまは、おおっぴらにしたくないとおっしゃってましたが」

「それは承知してるよ。だから、これはおいら一人だけで調べさせてもらいてえんだ」

「わかりました」

と、蟻助のいる奥の部屋に通された。

蟻助は、いまから遅い夕飯を取るところだったらしい。

慌ててお膳を片づけようとしたので、

「いいよ、いいよ。食べながら話してくれればいい」

と、竜之助は促した。

「すみませんねえ。よかったら、同心さまも？」

おかみさんが竜之助に訊いた。

竜之助も腹が減っているが、

「いや、家に帰って食うよ」

と、断わった。

やよいが用意してくれている。それを食べないのは勿体《もったい》ない。とても言えることではないが、ここの夕飯よりぜったいうまいはずである。

とはいえ、この家もなかなか贅沢《ぜいたく》な飯を食べている。白身の魚の刺身に、かぼちゃの煮つけ、たくあん、それに豆腐の味噌汁である。

ただ、蟻助が食べているのは、ままごとみたいなお膳である。

ご飯茶碗も一口分くらいしか入らない。

刺身もふつうの一切れが載らないので、刺身を小さく切って並べてある。

「めずらしいお膳だな」

と、竜之助は思わず言った。

すると、隣の台所のほうにお膳を並べていたおかみさんや、娘らしき二人から、

「まったく、給仕する側の身にもなってもらいたいよね」

「ほんと、おとっつぁんは人間が小さいんだから」

などと声がかかった。

「そう言うなよ。おれはこうじゃないと食欲が出ないんだから」

家族の調子がどうもおかしい。

あんなに「名人」だの「小さい左甚五郎」だのと言われていたのが、女房や娘がずいぶんぞんざいに扱っている。

もっと尊敬されていい気がするが、亭主というのはだいたいどこもこんなものなのだろうか。

竜之助もそっと訊いた。

「いいんですか、あんなに言われて？」

「うん。じつは、あたしもそうかもしれねえと思うんです」

「人間が小さいと？」

「ええ。なんせ小さいことが気になるし、また、細かいところに目が行ってしまうんですよ。名前も名前ですしね」

「蟻助さんてのはほんとの名前なのかい？」

「ほんとの名です。やっぱり細工職人だったおやじが、蟻みたいに細かい仕事ができるようにって」

「へえ」

「蟻みたいになって欲しいとか、ふつう親が思いますかね。蟻なんて名前つけて、道歩いていて、踏みつぶされたらどうしようとか思いますよね。うちの親もよっぽど変わっていたんでしょうね」

蟻助は、情けなさそうに言った。

「でも、さっき外で待っていた客たちは、蟻助さんのつくるものは凄いって、べた褒《ぼ》めしてたぜ」

「そうですか。ただ、あたしのつくるものを欲しがる人は多いです」

「でも、それだと、泥棒にも狙われやすいってことだよな」

「それはいままであまり心配してなかったんです」

「なんで？」

「あっしがつくったものは右から左に買われてしまうんです。だから、盗まれるようなものが、ここにはほとんどありません」

「ここを出たところが番屋だしな」

「でしょう？　しかも川を挟んだ向こうは、町方の旦那衆が住む八丁堀です。ここらは物騒なことはありませんよ」

「でも、盗まれたんだろうが」

「そうなんです。変ですよねえ」

仕事机を見た。さっきまでは、玄関を入ってすぐのところにあったものを、そのままこの奥の部屋へ運んで来たのだ。

箱があり、その中にまだ未完成の作品が置いてあり、外からも見えていた。

「それは？」

「いま、頼まれてやっているものです」

「小さいねえ」

高さ三寸（約九センチ）くらいの銀細工の招き猫である。

色は銀の色が生かされていて、白猫になっている。右手を招くように上げ、左手は小判を抱えている。

「持ってもいいかい？」

「どうぞ」

目を近づけて眺める。

猫の顔がなんとも言えないほど愛らしい。

嵌《は》められた目がきれいな青色をしている。

抱いた小判は、小さいが本物の金を使っているらしい。

とにかく、宝石のような見事な作である。

「盗まれたのはもっと小さいものでした」

「これよりも？」

「一寸くらいの大きさです。しかも、もっと手がかかっていました」

「凝ってるのかい？」

「ええ。桜子姫さまと相談しながら、どういうものにするか決めたのですが、黒猫が手毬《てまり》とじゃれ合っているというものにしました。その手毬もきれいだし、首輪もいろんな色を使ってましてね」

「手毬と首輪ねえ」

「身体が黒でしょう。七宝の色が浮き立つんですよ」

竜之助は自分の家の黒猫を思い出してうなずいた。赤い紐《ひも》で鈴をつけているが、よく目立つのだ。

「なんでも、嫁ぎ先の相手は生きものが嫌いで、桜子姫さまはこれだけが救いになりそうだとおっしゃっていて、可哀そうだと同情しちゃいましてね。あっしもとくに力を入れてつくり、自分でもこりゃあいい出来になると期待してました。あと少しで完成することになっていたのです」

「なるほど」

「それが盗まれたのか」

「ええ。あっしも桜子姫さまもがっかりですよ」

と、蟻助は肩を落とした。

五

蟻助の飯が終わった。

何度かおかわりをしていたが、あんまり小さなお膳なので、どれだけ食べたのかは見当がつかない。

「でも、そんな小さなものだったら、かんたんに盗まれるんじゃねえのかい？」

と、竜之助が訊いた。

「いやあ、そんなことないですよ。うちは、あっしが仕事をしているそばで、あいつらが見張っているんです」

と、蟻助は女たちを指差した。

「あいつらの目の鋭さといったら、どんな些細《ささい》な悪事も見逃しません」

たしかに、三人とも、鋭くてじっとりした目をしている。

「同心さまがいい男でしょ。だから、いまはたいした目つきじゃねえですが」

いや、充分に鋭い。

「これが怪しい男だったりしたら」

蟻助がそこまで言うと、

「ええ。一挙手一投足を見つめます」

と、おかみさんが言い、

「あたしたちも」

娘二人もうなずいた。

「その日はどんなふうだったんだい？」

「十日前だから、まだ松の内でしたよ。仕事を始めてまだ三日目でした。訪ねて来ていた客に、その黒猫を見せたあと、その人は帰って行きました。それを玄関まで見送ったとき、表の通りのほうで、喧嘩が始まったんです」

「喧嘩？」

「ええ。芸者同士が酔っ払ったみたいで、取っ組み合いの大喧嘩ですよ」

「見に行ったんだ？」

「すぐそこでしたのでね」

「番屋があるだろう？」

「ええ。番太郎や町役人《ちょうやくにん》さんも出て来て、止めてました。喧嘩はまもなく終わって、あっしはここにもどって来ました。それで、仕事のつづきをしようと思ったら、完成間近だったあの黒猫が消えていたんです」

「じゃあ、その見物しているあいだに、泥棒が入り込んだんだろう」

竜之助がそう言うと、

「それは無理です、旦那」

と、おかみさんが言った。

「なんで無理なんだい？」

「路地から出て行ったのは、この人だけで、あたしたちは家にいたんですから」

「三人とも？」

竜之助が訊くと、

「玄関の外には出ましたけど」

と、娘の一人が言った。

「誰もこの路地には入って来ていないし、もちろん家の中にも入って来れませんん」

「その客はどうしたい？」

「喧嘩している横を帰って行きましたよ」

「喧嘩を止めもせず？」

「ええ。そんなことには興味なさそうでしたね」

「ふうん」

たしかに不思議な話である。

「仕方ないさ。もういっぺんつくるよ」

と、蟻助は言った。

「無理だよ。ご婚礼まであと半月しかないんだから」

おかみさんが首を横に振った。

「それしかねえのか」

「あれは三月《みつき》もかかったんだからね」

「じゃあ、どうしたらいいんだよ？」

と、蟻助は頼るようにおかみさんに訊いた。

「見つけていただけなかったら、待ってもらうしかないだろう」

おかみさんはそう言った。

だが、桜子姫が猫なしでいられるだろうか。

「客に黒猫を見せたと言ったよな？　その客は？」

「桜子姫さまの嫁ぎ先の御用人さまでした」

「嫁ぎ先の？　姫のほうじゃなく？」

「ええ」

「それはおかしな話だな。なんと言って、訪ねて来たんだい？」

「桜子姫さまのお輿入れの持ち物をつくっているというのは、こちらかな？

と、そう言って訪ねて来られました」

「それで、なんと？」

「なんでも、姫さまをお迎えするに当たって、屋敷を改築なさるんだそうです。

それで、いちおう持ち込まれるものを見ておこうとやって来たそうです。あっしがこんな小さなものですから、屋敷の改築には影響しないでしょうと申し上げると、安心したように帰って行ったのです」

「その人は名乗ったかい？」

「いえ。でも、桜子姫さまのご婚礼のことをご存じだったので、てっきり信用してしまいました」

「じゃあ、姫の嫁ぎ先は、黒猫の人形が盗まれたことを知っているのかい？」

「さあ、うちのほうからはなにも申し上げてはいません」

姫の実家も嫁ぎ先にわざわざそんなことは言ってないだろう。

それにしても、なんとなく変である。

「まず、芸者の喧嘩はわざとだよな」

と、竜之助は言った。

「わざと？」

「それと、嫁ぎ先の用人も怪しい」

「でも、あの方はそのままお帰りになって、こっちにはもどって来ていませんぜ」

「そいつはな」

「いや、誰もここには入っていませんから」

「その人は、黒猫をちゃんと返したのかい？」

「それも間違いありません。はっきり、この目で見ましたから」

「じゃあ、消えたのかい？　盗まれたんじゃなくて、消えたのかい？」

竜之助がそう言うと、蟻助の家の人たちは、皆、黙り込んでしまった。

六

いろいろ訊かなければならないことはある。

芸者同士の喧嘩については、あそこの番屋で詳しく訊くことができるだろう。

それに、疑いたくはないが、あの家のおかみさんや娘たちのことだって、いろいろ訊いておく必要がある。

なんといっても、他人は忍び込めなくても、家族はあそこにいたのだ。

だが、そうしたことよりも、竜之助はまず、桜子姫の話を聞きたかった。黒猫の人形がはたしてどういうものだったのか――それがちゃんとわからなければ、この謎は解けない気がした。

築地の土佐藩下屋敷にやって来た。

ここは、蜂須賀家の中屋敷からも、八丁堀の役宅からもさほど遠くない。

「夜分、申し訳ないが、桜子姫にお会いしたいのですが」

と、門番に声をかけた。

「どちらさまかな」

「福川竜之助と申す。そう伝えていただければ、姫はおわかりのはず」

「ちょっとお待ちを」

門番はすぐにもどって来て、中に案内された。

茶室におられるというので、離れのほうに行くと、桜子姫だけでなく、美羽姫もいた。だが、これはなんとなく予想できた。

「まあ、竜之助さまが調べてくださるんですか？」

と、美羽姫は言った。

「爺に頼まれたんでな。桜子姫さま、残念なことが起きましたな」

竜之助がそう言うと、桜子姫は、

「はい」

と、うなずき、つつっと涙を流した。

ひどく落ち込んでいる。それは、人形が盗まれたことだけでなく、嫁ぎ先に対する不安や不満を物語っているのだろう。

「嫁ぎ先を伺《うかが》うのはまずいですか？」

「それは差し障りがありますので」

土佐藩の姫が嫁に行くのだから、旗本の家ではない。このご時世、さまざまな思惑もあるところだろう。

「嫁がれる先は、生きものの持ち込みを禁じているのですか？」

「はい。というより、その方の屋敷だけみたいです」

「なぜ、そんなことに？」

「わかりません。もしかしたら、屋敷に化け猫でも出たのかしら？」

と、桜子姫は首をかしげた。

化け猫騒動で有名な藩といえば、鍋島《なべしま》家？

有馬《ありま》家でもそんなことがあったはずである。

いや、猫だけに限らない。

だが、生きものに関する怪異な話など、ない家のほうが珍しいだろう。

「それで、桜子姫さまは、生きものの代わりに人形を？」

「はい。本当はそれも駄目だと言われたのです」

「人形まで？」

「ええ。うちの用人が交渉したのですが、駄目だと。それで、あまりにも可哀そうだからと、胸のうちに忍ばせることができる小さな人形をつくって差し上げましょうと、あの蟻助さんのところに頼みに行ったのです」

「それはいつ？」

「三月ほど前です。蟻助さんは仕事の予定がぎっしり詰まっていたのですが、わらわが事情を話すと、同情してくれて」

それは蟻助も言っていた。

「ちょっと待ってください。では、嫁ぎ先には内緒でその人形をつくってもらっていたのですよね？」

と、竜之助は訊いた。

「そうです」

「でも、嫁ぎ先の用人が、蟻助のところに来たと言ってましたよ」

「そうなのです。それで、わらわもおかしな話だと思いました」

「なるほど」

竜之助は大きくうなずいた。

そこらを探れば、下手人に辿《たど》りつくこともできそうである。

話が一段落すると、

「そんなに落胆しないで。わらわがしょっちゅう、遊びに行ってあげますから」

と、美羽姫が言った。

「毎日来て」

「毎日は無理かもしれないけど、そのときわらわがいろんな生きもののお人形も持って行ってあげるから」

「それは難しいと思う。家に入る前に、ぜんぶ取り上げられてしまうわよ」

「まあ」

美羽姫は呆《あき》れたというように口を開けた。

「でも、いくら生きものを飼わなくても、庭には鳥も来れば、虫だっていっぱい来るはずでしょう。生きものはどこにだっていますよ」

と、竜之助が言った。

「いいえ、あなたたちはあの方の怖さをご存じないのです。とにかく鳥だって大嫌いで、すぐ退治しようとするから、もう鳥もあの屋敷には寄りつきません」

「虫は？」

「虫も嫌いだから、飛んで来たりしないように、庭には木が一本もないらしいの。すべて石が敷かれ、アリだっていないくらいだそうです」

「それは凄いなあ」

竜之助も呆れた。

「じゃあ、その人はそんな屋敷でなにをしてるかというと、毎日、朝から晩まで剣術の稽古」

「剣術の……」

竜之助にも覚えはある。

姫さまたちには信じられないだろうが、剣に熱中して、朝から晩まで稽古に励むような日はあるものなのである。

また、それくらい熱中するときがないと、上達するのは難しかったりするのだ。

「しかも強いらしいんです」

「流派は？」

竜之助はつい、訊いてしまう。

「ああ、聞いたのですが、なにか変な名前でした。百なんとかと言ってたような」

「百なんとか？」

それは知らない。百という字が入るのでは、百地流《ももちりゅう》というのがあるが、あれはたしか忍術だったはずである。

「天下を取れる剣だと自慢していました」

「天下をね」

剣で天下を取る時代などとうの昔に終わっている。

やはりその人物は、相当、偏頗《へんぱ》な性格をしているのだろう。

「どうしてこんな縁談が決まってしまったのかしら」

桜子姫は、美羽姫の肩に顔を当て、しばらく泣いた。美羽姫ももらい泣きをしている。

「ねえ、美羽さま。今宵はここに泊まって」

「うん。いいわよ。わらわもそうするつもりで来たから」

さぞや二人で泣き明かすのだろう。

少しは気分を変えられないかと、

「そういえば、さっき魚河岸にクジラが揚がりましたよ」

と、竜之助は話を変えた。

「え、まさか、このあいだのクジラが？」

と、美羽姫が驚いて言った。

「と言っている漁師もいたけど、おいらはこの前のクジラより小さい気がしたね。美羽姫は見ればわかるかい？」

「わかると思います。明日、魚河岸に見に行ってみます」

「でも、可哀そうって思うんじゃねえのかい？」

「そりゃあ、思いますよ」

「うまいらしいね」

寿司屋の文治がそう言っていたし、酔っ払いもそんな話をしていた。

「クジラは肉や皮を食べるのはもちろん、全身、使えないところはないくらいです。骨は象牙《ぞうげ》みたいに細工にもされます」

と、美羽姫は言った。

「骨がね」

たしかに、クジラの骨だったら、ゾウの牙くらいの太さはあるだろう。

「逆に、ヒゲのところは柔らかくて弾力もあるので、ぜんまいにされたり、釣り竿の先端に使われたりもします」

今度は桜子姫が言った。

「あ、そうだな」

クジラのヒゲでつくったゼンマイで動くからくり人形を見たことがある。

「脂もいっぱい取れますよ。それはもちろん食用にもなるし、明かり用の油としても使われます。それでも残ったところは、砕いて、畑の肥料にされるんです。人の役に立つと言えばそうなんだけど、クジラの身になったら、可哀そうですよね」

桜子姫は、そう言っているうちに、また涙を流し始めた。

涙は美羽姫にもうつる。

もう、涙、涙……。

竜之助はとてもじゃないが、居たたまれない。

七

翌朝——。

奉行所に行く前に、桜子姫のところに立ち寄ろうかと思っていたら、文治が駆け込んで来た。

「福川さま。魚河岸が大騒ぎです」

「どうした？」

「なんでも、昨夜、魚河岸にクジラが揚がったそうなんです」

「ああ、おいらも見たよ」

「それが、昨夜のうちに盗まれちまったそうなんです」

「なんだって」

すぐに駆けつけた。

魚河岸の舟が着くところには、人がびっしり並んでいる。河岸だけでなく、日本橋の橋の上や、下流の江戸橋の上、さらに対岸の茅場《かやば》河岸にも人が出て、こっちを見ている。クジラの噂が駆け回ったのだろう。

なるほど、川からあの巨大なクジラは消えていた。

「消えたって、どういうことだ？　誰か見張っていたじゃないか」

「その見張りもいないんです」

「なんだと？」

「いや、見張りはさっきまでいたんです。でも、こんな騒ぎになったら、怒られるとでも思ったのか、いなくなっちまったんです」

「なんてこった」

「もしかしたら、クジラはまだ死んでなくて、逃げちまったのかもしれませんね」

と、魚河岸で働く男が言った。

そういえば、昨夜、クジラが少し動いたような気がした。

あれは錯覚などではなかったのか。

近くに美羽姫が見に来ているのがわかった。だが、いまは声をかけたりする暇はない。

「同心さま」

振り返ると、蟻助がいた。

「蟻助さんも見に来たのかい?」

「ええ。野次馬根性はありましてね」

「大きなものは苦手なんじゃないのかい?」

「いや、見る分には平気ですよ。クジラの原寸大をつくれとか言われたら、嫌になっちまうでしょうが」
それにしても奇妙なことが起きたものである。
本当にクジラは盗まれたのだろうか。
だが、どうやって、あんな大きなものを盗むのだ？
魚河岸には、まだまだ大勢の野次馬が集まって来ていた。

第二章　バラしたか、丸ごとか

一

日本橋の上を凄《すご》い勢いで駆けて来る矢崎三五郎を見つけて、

「矢崎さん、こっちです！」

竜之助は手を上げて、場所を報《しら》せた。

昨夜、クジラがつながれたのは、江戸橋寄りのほうである。

「早いな、福川」

矢崎は息を切らしながら、野次馬たちをかき分け、河岸の段々を降りて来た。

「文治が報せに来てくれましてね。昨夜、おいらはたまたまこの近くにいて、クジラを持って来たのを見ました」

「へえ、見たのか？」

「ええ。このあたりにつながれていたのです」

と、クジラの大きさを示すように、両手を広げながら言った。

「どれどれ」

矢崎は川岸の水辺ぎりぎりのところまで近づいて、近くにいた魚河岸の顔役らしき老人に、

「尻尾《しっぽ》くらいは残ってねえのかい？」

と、訊《き》いた。

「猫に食われたんじゃねえんですから」

老人は苦笑いしながら言った。

「クジラの持ち主ってのはいるか？」

矢崎は老人に訊いた。

「持ち主は獲ってきた漁師たちです。朝のうちは騒いでいたんだが、いまはいませんね」

「そこらを探してるのかな」

矢崎は、日本橋川を上流から下流あたりまでざっと見回した。

竜之助たちも、しばらくのあいだ、流れた血の汚れとか肉切れだとかを探した。だが、それらしきものは見つからない。

クジラの持ち主である漁師たちも、なかなかもどって来ない。

「昨夜、クジラを持って来たときに、ここらにいたやつはいるか？」

矢崎は近くで働いている魚河岸の連中に訊いた。

「あっしはいましたが」

蛸《たこ》を舟から桶に移していた男が言った。

「知った顔の漁師たちだったかい？」

「いや、知らない顔でしたね」

ほかにも何人か訊いたが、やはり知らない漁師だったという。

「しょうがねえな。もどって来るのを待つか」

矢崎は河岸の段々の中ほどに腰をかけた。竜之助と文治もとりあえず一休みである。

途中、うまそうな匂いがして、見るとさつまあげを串焼きにしたものを路上で売っている。矢崎が銭を出し、三人並んで食べた。

いろんな魚のすり身を混ぜて、油で揚げたのだろうが、じつにうまい。

魚河岸のあたりには、こういう路上の店がいっぱい出るので、ここらを歩くとついつい買い食いしてしまうのだ。

四半刻（三十分）ほどして——。

「遅いな、福川」

「遅いですね」

持ち主が来ないのでは話にならない。

「諦めて帰っちまったんじゃねえか」

「そうかもしれませんね」

そういえば、ぐったりしていたので何本か銛《もり》を打って引っ張ってきたと言っていた。たいして苦労をしなかった分、盗まれても惜しくなかったのかもしれない。

「盗まれた漁師がいないってことは、誰も損してねえってことになるぜ」

「そうなりますかね」

竜之助もうなずいた。

「よう、とっつぁん。どうするよ？」

矢崎はまたやって来た魚河岸の顔役らしき老人に訊いた。

「と、おっしゃいますと?」

「町方は呼ばれて駆けつけて来たけど、何もなかったということで引き上げさせてもいいのかってえのさ。おいらたちも、忙しいんでな」

矢崎が忙しいというのは、嘘ではない。

京都の騒乱が影響しているのだろう。江戸でも次から次に物騒なことが起きている。

「いや、それは困ります。あっしらは、やっぱり町方で調べていただいて、すっきりしたい気持ちですが」

「だろうな。わかった。おい、福川」

「はい」

「おめえ、この事件を担当するんだ、いいな?」

これぞ、まさに、見習い同心の仕事だというように、矢崎は言った。

「わかりました」

「文治。助けてやれ」

「へえ」

竜之助と文治が立ち上がったとき——。

そこへ、ずばりの甲兵衛《こうべえ》こと、戸山《とやま》甲兵衛も来た。

矢崎が横を向き、見えないように嫌な顔をした。

「クジラがいなくなったんだって？」

「なんで、あんたが来るんだよ」

矢崎は文句を言った。この二人の仲も悪いが、そもそも市中見回りと、お白洲吟味の担当者というのが、いつもいがみ合っている。

「近ごろ、海のほうでいろいろ騒ぎがあるので、吟味方でも警戒に回っているのさ」

「騒ぎってなんだよ」

「怪しい船もずいぶん見かけるし、船同士がぶつかって、しょっちゅう賠償でこじれたりしてるんだよ。ほら、外国との交易が始まったもんで、船の行き来も格段に増えちまってるんだ」

「なるほど」

たしかにそういうことなら、吟味方の出番もある。

「だが、クジラが相手じゃ、弁償させるわけにはいかねえな」

「へっ」

戸山の冗談に、矢崎は顔をしかめ、奉行所のほうへもどって行った。

「クジラって一匹いくらするんだ？」

戸山は魚河岸の顔役らしい老人に訊いた。

「旦那、クジラは一匹って言いませんぜ」

「一尾？」

「いや、イワシじゃねえんだから。一頭、二頭と数えてくだせえ」

「一頭いくら？」

「一頭丸ごと買う人はいないんで、わからないですね」

「十両じゃきかねえよな？」

「ええ。一頭だと十両は上回るでしょうね。クジラは無駄なところはほとんどないし、なにせあれだけでかいものですからね」

「じゃあ、クジラを盗んだ野郎は死罪になっちまうぜ」

「ただの魚泥棒じゃなくなりますね」

魚河岸の老人は、困った顔をした。

十両以上盗めば首が飛ぶと言われる。だが、数人で盗み、分けた場合はどうなるのか？

それはお裁きで決まることで、いろいろ情状酌量されることも多く、どういう罪になるのかは、現場の同心でも予想できなかったりする。

だが、まだ金にしてないものだから、そのまま単純に十両以上盗んだというふうにはならないのではないか。

「ううむ。矢崎はあんなふうに打っちゃっていなくなったが、これはまれに見る重大事件ではないか」

「はあ」

たしかに珍しい事件ではあるだろう。クジラ一頭が丸ごと盗まれたのだ。

「福川。これはお前には手に余るな。おいらが助けてやるよ」

戸山は、いつものように偉そうに言った。

「え……」

戸山が加わると、混乱することはままあるが、助かったという記憶はない。

二

「いっしょに探すのは効率が悪いですから」

と、竜之助たちはなんとか戸山とは別行動を取ることにした。

といって、なにか当てがあるわけでもない。

まずは、魚河岸の中に足を踏み入れた。

たいそうな繁盛ぶりである。

江戸近郊の漁師たちが、毎朝、獲ったばかりの魚を運んで来る。それで市が立ち、卸し問屋が仕入れた魚をずらりと並べて売っている。

ここに直接、買い物に来る料亭や寿司屋の人たちもいれば、町の魚屋も売り物の魚をここで仕入れて行く。あるいは、棒手《ぼて》振りの魚屋も来る。そんな人たちで朝早くからごった返している。

人出の多いところには、当然、魚以外のものを売る店も進出して来る。油問屋、薬味問屋、乾物問屋なども軒を並べる。

とにかく、ここに家や店を持つとすると、一間につき千両の値がするという。

「まったく、凄いところだな」

この時刻にはあまり来たことがないので、竜之助も呆《あき》れて言った。

「そうなんですよ」

寿司屋の文治は方々に知り合いがいて、挨拶に忙しい。

と、そこへ——。

急に奉行所の人間がぞろぞろ現われ、周囲が慌ただしくなってきた。

物騒というほどではないが、ちょっとした緊張感が漂い出した。

顔見知りの同心がいたので、

「なにかあったのですか？」

と、竜之助は訊いた。

「亜米利加人たちが、魚市場を見学したいというのさ」

「横浜からですか？」

「陸は危ないというんで、船で来てるよ」

「なるほど」

亜米利加人がやって来た。

男が三人に、女が一人。

男は二人が恐ろしく背が高く、もう一人は背丈はそうでもないが、でっぷりと肥っている。女は金髪が美しい。

通訳が入り、魚の名前とか、

「これは寿司にするか」

とか訊いている。

「異人は生の魚は食わないって聞きますがね」

「でも、あの人は寿司が好きみたいだぜ」

亜米利加人が気味悪そうにした。指差しているのはタコである。

「あっちにはタコはいないんですかね?」

文治が首をかしげた。

今度は亜米利加人がひどく感心し始めた。

刺身のつまにする大根を切っているのを見たのだ。細く切るのと、包丁を速く動かすのに感嘆しているらしい。

とくに女は目を丸くしている。

「日本人はなんと器用なんだと言っている」

通訳が、包丁を使っている男に伝えると、

「こんなもんじゃありませんぜ」

そう言って、右手で大根を、左手で人参を切り出した。

これには亜米利加人一同、拍手の嵐である。

亜米利加人と魚河岸の人たちが、自然な感じで接していた。

最初にペリーが日本に来たときもそうだったらしいが、あのあたりの漁師や百姓たちは舟を漕《こ》いで黒船に近づき、食べものをやったり、身ぶり手ぶりで親しく接していたらしい。

逆に武士のほうは、戦だの攘夷《じょうい》だのと騒ぎ出し、かえって仲はこじれていったのだ。

——武士だの、役人だのは、口を出さないほうが、国同士うまくやっていけるのではないか。

竜之助はそんなことを思った。

「いつまでも見ているわけにはいかねえ」

亜米利加人たちは、まっすぐ室町《むろまち》のほうへ抜けて行くらしかったので、竜之助と文治は東のほうへ進んだ。

「ばらして運んだのですかね」

と、文治が言った。

「そうだろうな」

「でも、やったことのないやつには、クジラはさばけないと思いますよ」

「うん。しかも、一人じゃできないよな」

すでに市が終わっているらしい一角に来た。

何人かが、干物にするためらしく、次々に魚をさばいていた。

「クジラをさばいたことがある者はいるか？」

竜之助が男たちを見回しながら訊いた。

返事がない。

もう少し先に行って、同じようなところでまた訊いた。

ここも返事がない。

次の角で訊くと、

「クジラを三枚に下ろすのは大変なんですぜ」

と、言った男がいた。

「三枚にだって？」

「クジラの兜《かぶと》焼きもうめえんですよ。食うときは梯子《はしご》をかけて食うんだけど、目玉なんかこぉんなに大きくて」

竜之助がそのようすを想像しようとしていると、文治がわきから、

「旦那、冗談ですよ」

と、言った。

「そりゃ、そうだよな」

「おめえのくだらねえ冗談を聞いている暇はねえんだ」

文治が男を叱りつけると、そのわきにいた男が、

「あっしは一昨年まで勝浦でクジラ獲りの漁師でした」

と、言った。

やっと一人いた。

「そこで昨夜、クジラが盗まれたって話は聞いてないかい？」

と、竜之助が訊いた。

「ああ、ちらっと聞きました」

「クジラをさばくのは大変なんだろう？」

「一人でやれば大変ですが、何十人もでやりますのでね」

「川の中でさばいて、陸揚げしてから持ち去るなんてことはできるのかな？」

「できなくはないでしょう。それに陸揚げしないで、舟に移して持ち去るって手もあるんじゃねえですか。二十くらいに切り分けてしまえばいいんですよ」

「なるほどな」

「勝浦に揚がったクジラも、切り分けたやつを持って来てますぜ」

「この店にも？」

「いや、ここには来ません。この先にクジラも扱う卸しがあります」

と、男は細い道の先を指差した。

竜之助はそっちに行こうとしたが、

「なんでクジラ漁をやめたんだい？」

ふと気になって訊いた。

「あるときクジラの悲しそうな声を聞いたんですよ。それで、クジラを殺すのが嫌になりましてね」

「だが、それはほかの魚だってそうだろう？」

「ほかの魚？」

「殺生しなきゃならないんだろう？」

と、竜之助は、いまさばいているアジを指差した。まな板の上は、魚の血で真っ赤になっている。

「ま、殺生には違いねえんですが、クジラはちっと違う感じがするんです」

「違う？」

「あれはやっぱりふつうの魚じゃないですよ。知恵を持っていると思いました。悲しげな声で仲間に呼び掛けているようにも感じました」

男は、人の死を悼むときのような顔をした。

安針町《あんじんちょう》のクジラの卸しにやって来た。

客がクジラの肉らしい塊を買って行くところだった。凄い大きな塊で、木箱に入れ、重そうに担いで行った。

「昨夜、クジラが盗まれたって話を聞いてないかい？」

と、竜之助は店のあるじに訊いた。

「クジラが、盗まれた？　どうやって、あんな大きなものを？」

「わからねえんだ」

「もしかして、ここに盗品が来てるんじゃないかとお疑いですか？」

「いや、疑うとかいうより、そういう持ち込みの話はこなかったかなと」

「ここで扱ってるのは、勝浦で獲れたものですぜ。クジラなんか、よほど手慣れた漁師とかじゃねえと、さばけないです」

「ここらの連中じゃ、無理ってことか？」

「まあ、わかってるのが何人かいたら、できねえこともないでしょうが」

「それはクジラかい？」

と、まだ残っている塊を指差した。

「そうです」

「皮とか骨はないのかい？」

「ここにはさばいたのを持って来るんです。骨なんか魚河岸に持って来られても、逆に面倒なんでね」

「ああ、そうか」

「そっちの常盤稲荷《ときわ》の横っちょに、クジラを食わせる飲み屋があるんです。あっちは、内臓とかも持って来てるみたいですぜ」

店の名前も教えてくれた。〈豪快屋《ごうかいや》〉というらしい。

魚河岸は朝が早いため、夜釣りの漁師などは朝から一杯ひっかけるのもいる。それで朝早くから開いている飲み屋もけっこうあるのだ。

三

教えられた店に行くと——。

「お、福川」

店ののれんのあいだから、戸山甲兵衛の顔がのぞいていた。

「あ、戸山さん」

「いいから、こっちへ来いよ」

と、自分が座っていた縁台の前を指差した。

「はあ」

戸山はすでに赤い顔になっている。だいぶ前からやっているらしい。

竜之助たちは魚河岸をさんざん歩き回ってここまで辿《たど》り着いた。だが、戸山はすぐにここに来たのだろう。そういうところは、なかなか素早い。

「クジラの謎を解くには、クジラのなんたるかを知らないと駄目だろう」

と、戸山は赤い身を口に入れて言った。

「クジラですか」

「ああ。うまいぞ。ほら、食ってみろ。文治も」

「では、遠慮なく」

話ばかり聞いていたので、ぜひ食べたかったのである。

「なるほど」

昨夜、酔っ払いが薬喰いのうまさだと言っていたが、たしかに魚というより猪とか軍鶏《しゃも》に近い気がする。だが、臭みはほとんど感じない。

「そこはふつうの肉のところだが、こっちを食わなくちゃ駄目だ」

戸山は、小鉢や小皿を示した。

竜之助は並んだ順に箸をつけていく。

「これは皮ですね」

見た目でわかった。刺身にして薄く切ってあるが、黒っぽいのはいかにも皮のところという感じである。食べると脂たっぷりで、甘味が口に広がった。

茹《ゆ》でて白っぽくなったものも食べた。

「これは？」

「おやじ、これ、なんだっけ？」

顔を出した店のおやじが、

「あ、それは胃袋の薄切りだ」

「これが胃か」

意外に柔らかい。

おやじは一度中に引っ込み、

「タケリの味噌汁だよ」

と、お椀を竜之助と文治の前に置いた。

竜之助は一口食べて、

「タケリ？」

味だけでは想像がつかない。肉の固いところを食べた感じである。

「ま、想像できるだろう？」

おやじはニヤニヤしている。

「まさか。オスにしかないやつ？」

「そう」

「うひぇえ」

珍しいものだが、喜びはわかない。

「じゃあ、メスも？」

「メスのはヒナって呼ぶんです。こっちは生で食べるとうまいですぜ」

「いや、いいよ」

最後は、灰色をして、湯がいたものを三杯酢で食べた。

「クジラの舌だよ」

「へえ」

ざっと一通り味わわせてもらった。

たしかに部位によって食感も味もまったく違う。

「クジラ、うまいでしょ」

おやじが自慢げに言った。なんとなくホラ吹きっぽい変なおやじである。

「ああ。それにしても、いろいろ部位があるもんだ」

「まだまだですよ。あっしはこれで学びましたのでね」

と、調理場のほうから書物を持ってきて見せた。

「ほう。こんなのがあるんだ」

『鯨肉調味方』という書物である。

「長崎の平戸の漁師の話をもとに書かれたみたいです。七十種の内臓の料理法まで書かれてあります。しかも、クジラ本体だけじゃなく、クジラの皮には、カメノテやカキもくっついていたりするんですが、その料理法まで書いてあるんですから」

「へえ。だが、なんでまた、これほどクジラに熱心になったんだい？」

竜之助が訊くと、

「まあ、人間の大きさが自然とこの道を選んだというところですかね」

と、よくわからないことを言った。

「人間の大きさ？」

　なぜかわからないが、思わず戸山を見た。

　だが、戸山は赤い顔でうつらうつらしており、話など聞いていない。

「あっしは、以前は目黒のほうでももんじ屋をしていたんですが、猪や牛馬よりクジラのほうが豪快だろうと思いましてね。ほら、人間が大きいから、扱うのもどぉーんと大きいのが好きなんですよ」

「はあ」

「魚河岸でも、扱う魚の大きさで、人間の大きさまでわかるもんですぜ。シラスなんかやってるやつを見てみるといい。人間小せえなあと思いますから」

「そりゃあ偏見だろうよ」

「いや、クジラはいいですよ」

　おやじが大声で言ったので、戸山は目を覚ました。

「でも、さっき会ってきた勝浦の漁師だったって人は、クジラってのはふつうの魚とは違うと言ってたぜ。殺すのは嫌になったって」

「そうですか。でも、あっしは泳いでいるクジラは知らないんでね」

「なるほどな」

「亜米利加人なんか、日本人よりもっといっぱい獲っていて、そのクジラを獲る船の便宜のため、国を開けと言って来たんでしょ」

「そうらしいな」

竜之助がうなずくと、

「え、そうなのか、福川?」

戸山は驚いた顔をした。

「そうなんですよ。でも、いざ来てみたら、人がいっぱい住んでいて、しかも文化も発達しているから、これは交易をしたら、いろいろ商売になると、見込まれたんでしょうね」

「そういうことだったのか」

「それはともかく、昨夜のいなくなったクジラのことですが」

と、竜之助は言った。

「ああ、この店にはとくに持ち込むやつはいなかったそうだ」

戸山がそう言うと、

「魚河岸を通さず、じかに店のほうに売りつけているかもしれませんぜ」

おやじが言った。

だが、丸々一頭だと一軒ずつ店を回ったら大変なことになるだろう。

「あるいは……」

と、竜之助は遠い目をした。

「なんだ、福川？」

「いえ、あのクジラは、じつは死んでなくて、生きていて逃げたってこともあるよなと思ったんです」

それがいちばん嬉しい筋書きだった。

四

戸山とともに、もう一度、日本橋川の岸辺にやって来たとき、

「おう、戸山」

流れのほうから声がかかった。

軍船仕立ての大きな船が下流へ向かうところで、呼んだ男は舳先《へさき》のほうに立っていた。

お船手組の船である。

「おお、蛸貝《たこがい》か！」

戸山は親しげに答えた。

「ちょっと待て。いま、船をつけるから」

蛸貝とやらは、水夫《かこ》たちに船を岸につけるよう命じたらしい。

船を後ろ向きにしてゆっくり河岸に入ってきた。

――あの男は……。

竜之助は顔をじっと見つめた。

このあいだ、船をクジラに突入させようとして転覆させた男である。

蛸貝という変わった名前らしいが、顔に似合っていると言えなくもない。赤ら顔で目がぎょろっとしている。唇が薄く、こじつけかも知れないが、貝のふちみたいに見えないこともない。

「知り合いなんだ。何度もいっしょに酒を飲んでいる」

と、戸山は言った。

「そうなので」

戸山のような男が、あの蛸貝と気が合うのだ。

「攘夷の方法について意気投合したんだ」

「どんなふうにですか？」

訊くのが怖い気もしたが、つい訊いてしまった。

「日本の女はひどいというのを、異人どもにみっちり語ってやって、これ以上、日本に深く関わるのはやめにしようと思わせればいいとな」

「それって、単に奥方の愚痴《ぐち》をこぼし合っていただけでは？」

「え」

意外な指摘だったらしく、戸山はきょとんとした顔をした。

だが、たぶん当たっている。

蛸貝が船から一人だけ降りて来た。

ほかの五、六人を待たせたところを見ると、それなりの地位に着いているらしい。

「よう、蛸貝。ひさしぶりだったな」

「なに言ってんだ、戸山。年末に飲んだだろうよ。最後、へべれけになって、あんた、自分の家の前で、おっかあの馬鹿野郎とか怒鳴っただろうよ」

「そういえば」

「なにが書道家だ、たかが筆使いのくせに、偉そうにするな、とか言ってたぜ」

「え？　そんなことまで言ってたのか」

戸山は怯《おび》えた顔になった。

「そしたら、お前の妻女が怒って、家のカギを閉められて」

「おいらは仕方なく江戸の夜をさまよい歩き」

「違う。お前もわしの船で寝て、朝方、家に帰ったんだ」

「あ、そうだっけ」

まったく、この人たちはいい歳をして、なにをやってるのだろう。

「ここでなにしてる？」

蛸貝が戸山に訊いた。

「うむ。じつは、クジラが消えたという騒ぎがあってな」

「クジラが消えた？」

蛸貝の顔が輝いた。

「ああ、昨夜、引っ張って来て、ここにつけたのが、朝になったらいなくなっていた。その謎を解くため、こうして動いているのさ」

「なるほど」

「あんな大きなクジラだから、そのまま陸揚げして運ぶのは無理だ。それで、ばらして運んだに違いないんだが、となるとそこらの漁師にはやれねえ。いまは、クジラの足取りを追っているところだ」

「ほう、面白そうだな」

「なあに、ずばりの甲兵衛と綽名《あだな》されているおいらだ。数日のうちには、ずばり謎を解いてやるぜ」

戸山は不敵な笑みを浮かべた。

「なるほど。だが、一つ言わせてくれ。あんたたちは、ばらして盗んだことだけを想定してるが、そのまま盗んだということは考えられないか？」

「そのまま？」

「そのまま引いていき、いまごろは船の底に隠したりすればわからんだろう」

「なるほどな」

「あるいは潮入りの池を持っているところは、そのまま池に引き入れてしまえばいい」

「潮入りの池か」

たしかに水辺の大名屋敷には、潮入りの池はあったりする。霊岸島にある田安家の下屋敷にも、そう大きくはないが、潮入りの池がある。

「町方には手に余るだろう。わしたちが助けてやろう」

「え」

竜之助が唖然《あぜん》とするわきで、

「そうだな。おいらと蛸貝が組めば、江戸に謎はなくなるぜ」

戸山がうなずいた。

「乗れ、戸山」

「ああ」

なんと、戸山甲兵衛はそのままお船手組の船に乗り、日本橋川の下流に消えて行った。

竜之助と文治のことなど一顧だにしなかった。

五

そのころ——。

二人の姫が乗った船が江戸湾に漕ぎ出そうとしていた。

むろん、櫓《ろ》を漕いでいるのは家来たちである。四丁櫓の大きめの船であるため、二人ずつ連れて来た家来は、皆、櫓のところにいた。

阿波藩も土佐藩も海に面しているため、皆、船を漕ぐのは慣れているらしく、ぐんぐん速度を上げて行く。

　その船の上で、二人の姫は家来たちに聞かれないよう声を落として話し合っていた。

「ねえ、桜子さま。クジラは盗まれたとか言っていたけど、わらわは違うと思うの」

「だって、美羽さま。あんな大きなもの、盗めないわよ」

「そうよね。ばらして盗んで行ったのだろうとか話している者もいたけど、あそこじゃ無理よね」

「わらわもそう思う」

「それで、わらわは、生きてて逃げたんじゃないかと思ったわけ」

　と、美羽姫が言った。

「それはあるわよ。だって、小さな銛を二、三本打っただけだというんでしょ。クジラはそんなんじゃ死にません」

　桜子姫の国許の土佐は、クジラ漁の盛んなところなのである。

　だから、クジラについても詳しかった。

「じゃあ、棘《とげ》が刺さったくらい？」

「それよりは痛かったり、血が出たりすると思うけど」

「じゃあ、ずっと刺さっていたら可哀そうね」

「そうよ」

「あたしたちで抜いてあげましょうか」

「それはいい考えだけど、水は冷たいわよ」

「そうよね」

美羽姫は眉をひそめた。

「いい考えがある。投げ縄をその銛に打ち、引っ張って抜いてあげるの」

「あ、それはいいわね。そうしましょう」

二人の姫の話は、どこか荒唐無稽である。

「それはそうと、海の上は気持ちいいわね」

桜子姫は大きく伸びをした。

「ほんとね。桜子さまはとくにここんとこ嫌なことばかりつづいたから」

「そう。あたし、もう、国許に帰りたい」

「縁談なんかやめて?」

「もちろん。あんな人のところに嫁に行くくらいなら、一生、嫁がずにいるほうがよっぽどまし」

　桜子姫はそう言って、一筋、涙を流した。

「お気持ちわかります」

「ありがとう」

「じつは桜子さまの相手、うちにも打診があったらしいわよ」

「でも、美羽さまには許嫁がいらっしゃるじゃないの？　竜之助さまが」

「そんなことは気にしないって」

「まあ」

「気にしないったって、そんな訳にはいかないでしょ」

「そりゃそうよ」

「人の言うことは聞かないみたい」

「そうなの」

「それで、生きものが飼えないようなところでは美羽はやっていけっこないって断わったんだって」

「そうなんだ。うちに話が来たときは、生きものはちょっと苦手くらいの話になっていたって。あんなふうにひどいとは、話が決まってから言い出したみたい」

「そうなの」

「でも、皆、嫁いでしまえばなんとかなるくらいに思っているの」

「あの方、見た目はいい男だから」

美羽姫も会ったことがあるのだ。

「わらわは、内陸育ちの男とは合わないのかな」

と、桜子姫は首をかしげた。

「そんなの関係ないわよ。わらわは富士山がよく見える海辺に育った男と話したことがあるけど、怒りっぽくて、大らかなところなんかまったくなかったわよ」

「やっぱり、当人の問題か」

「そうよ」

「でも、性格がちまちましてるから嫌なやつとも限らないわよ。ほら、わらわが頼んだ猫の人形をつくっていた蟻助っていう職人は、なんかいい人っぽかったよ」

「蟻助？　ずいぶんちっちゃそうな名前ね」

「面白いでしょ」

二人はお腹を抱えて笑い転げた。

「でも、わらわは、あの方に見張られているのかも」

桜子姫がふいに不安そうな顔になった。

「どうして？」

「蟻助に猫の人形を頼んでいたのを知っていたのよ」

「え？　誰も教えてないの？」

「秘密だったわよ。だって、生きものが飼えないから可哀そうって、そっと持たせてくれることになっていたのよ」

「うん」

「それを向こうに教えるはずないでしょ」

「たしかに」

「身近に裏切り者がいるのかしら」

「怖いね」

と、美羽姫は肩をすくめた。

「怖いわよ」

「姫なんてつまんないよね」

「つまんないよ。でも美羽さまは、竜之助さまがお相手だからいいわよ」

「ううん。わらわは竜之助さまとは結ばれない気がするの」

美羽姫は寂しそうな顔になって言った。

「なぜ？　ぴったりだと思うよ」

「ぴったり？」

「うん。どっちもちょっと変わってるし」

「まあ。でも竜之助さまは、たぶん、お好きな方がいるんじゃないかしら」

「そうなの」

「たぶんね」

二人の姫は憂鬱そうに、江戸湾の出口のほうを眺めつづけた。

六

クジラの件は、町の噂を頼りにするしかない。

文治が、水辺にある飲み屋などに、クジラの肉が持ち込まれたときは奉行所に連絡するようにと言って回ることにした。

「じゃあ、頼んだぜ」

「ええ」

竜之助は、蟻助の件でも動かなければならない。

まずは小網町の番屋を訪ねた。

「このあいだ、ここで芸者同士の喧嘩があったよな？」

「ありました。あれは面白い見ものでしたよ。もう、ごろごろそこらを転がったりして、きゃあきゃあ喚《わめ》いて、凄かったです」

このあいだ来たときもいた番太郎である。

「なにが喧嘩の原因だったんだい？」

「客を取った、取られたの騒ぎだったみたいです。ま、芸者同士の喧嘩の原因は、たいがいそれでしょうね」

「でも、わざわざこんな番屋の前でするか？」

「あ、それはあたしも思いました。下手すりゃ、中に入れられて、説教喰らうようなところでするかなって」

「説教したのかい？」

「いちおうしました。こう見えても、説教は下手なほうじゃないんで」

というより、説教するのが好きそうである。

「名前とか住まいは？」

「ええ、呉服町新道《ごふくちょうしんみち》の置屋にいる珠乃《たまの》と磯乃《いその》って名前でした」

「本気の喧嘩だと思うかい？」

「本気の喧嘩？」

「芝居っぽくなかったかい？」

「言われてみると、どこか嘘っぽかったかもしれません。すぐに冷静になって、すごすごといなくなったんですが」

「ほんとの芸者だよな？」

「え？」

「贋《にせ》の芸者ってことは？」

「そう言えば、芸者の婀娜《あだ》っぽさみたいなものはなかったような。素人臭かったですね」

番太郎はだんだん自信なさげになってきた。

いちおう日本橋の南にある呉服町新道に行ってみた。ここからも遠くはない。

すると、芸者の置屋はあった。

家自体がなにか色っぽい。

ほんのりいい匂いもする。

一瞬ためらったが、腰高障子を開け、

「こっちに珠乃さんと磯乃さんていう芸者さんはいるかい？」

「はい、いますよ。珠乃、磯乃！」

奥で声だけのやりとりが聞こえ、

「はぁーい」

返事もした。

「あれ、いるのかよ？」

まだ化粧をしてなかったらしく、素顔のままで芸者が二人、出て来た。

若くて可愛らしい芸者衆である。

「うわぁ。もしかして、南の福川さま？」

「嘘ぉ。もしかしてお座敷に？」

はしゃいだ。

「こらこら、なんだい、お前たちは？」

中から女将《おかみ》さんも出てきたが、

「ほら、お母さん。南の福川さま」

「まあ、噂どおりに役者にしたいほどいい男」

竜之助は、ほんとはすごく嬉しいのだが、矢崎の叱責に耐えるような顔で女たちの称賛に耐え、一騒ぎおさまったところで、

「もういいかい。じつは、訊きたいことがあってね」

と、落ち着いた声で言った。

「福川さまにならなにも隠さない」

「あたしも」

「裸になれと言うなら、なる」

「あたしも」

「いや、そんなことは言わねえから。それより、あんたたち、十日ほど前、小網町で喧嘩したよな？」

「え？　喧嘩？」

「なに、それ？」

やっぱり嘘の話だった。

七

蟻助の家から消えた猫の人形だが、あの状況だと、家族も疑わざるを得ない。

気が進まないが、もう一度番屋にもどった。

「やっぱり芸者の話はでたらめだったよ」

「そうですか。せっかくいい説教をしてやったのに」

「ちっと蟻助一家のことを訊きたいんだがな」

「なんかあったんですか？」

「いや、なんにもねえんだが、名人の家とかは泥棒に狙われたりするんで、つねづね警戒するようにしてるのさ」

あまりうまい言い訳とは思えなかったが、

「なるほど」

と、番太郎は納得した。

「あそこは女たちのほうが強そうだよな？」

「強そうなんてもんじゃないでしょう。蟻助さんはすっかり尻に敷かれてますぜ」

「女房や娘たちは好き勝手してるのかな？」

「いや、あの女たちは蟻助さんには厳しく当たるけど、あとはふつうですぜ。蓮っ葉でもねえし、男を舐《な》めてるってふうでもありません」

「へえ。じゃあ、娘たちが悪い男と付き合っているとか、そういうのは？」

「聞いたことも見たこともないですね。だいたい、あの家族はいつも家にいて、蟻助さんの仕事を見守っているんです」

「ほう」

まったくよその家庭というのは、ちょっとのぞいたくらいではわからないものである。

「あれはおそらく蟻助さんが家族にちやほやされるより、あんなふうにされるほうが居心地がいいんじゃないですかね」

「居心地が？」

「ええ。そういうのっていますでしょ。苛《いじ》められたいっていうのか」

「ははあ」

たしかにそういう男もいるような気がする。

番屋を出ると、次に蟻助の家を訪ねた。

「消えた黒猫は、まだ出てきてねえよな？」

「まだですね」

「もし、泥棒が盗っていったとしたら、やっぱり売りに出すかね？」

「よほどあっしのつくったものを集めたいとかいうなら別ですが、売るでしょうね。ただ、そういうことに詳しい店じゃないと、いい値はつけませんしね」

「だよな」

そういう店は、盗品らしきものが入ったときは、必ず奉行所に連絡をくれる。だが、まだ報せはない。

「猫の人形ってのは、どんなふうだったんだ？」

「あ、絵があります」

と、蟻助は棚からその絵を持ってきた。

いろんな角度から描いてあり、手毬《てまり》と首輪と目には色も入っていた。

「手毬がきれいだね」

「苦労しました」

「首輪も」

「鈴は本物の金を使ってました。かすかに鳴るんですよ」

「へえ」

「それで、この猫は赤ちゃん猫にしてあるんです」

「どこが違うんだい？」

「赤ちゃんは頭が身体と比べて大きいんですよ」

「あ、なるほど」

竜之助の家の黒之助に似ていると思ったのは、そういうわけらしい。

「しかも、しぐさには人の赤ちゃんの動きも入れてるんです」

「人の赤ちゃん？」

「ええ。おそらく姫さまは、そのほうがかわいく見えるだろうと思いまして」

「芸が細かいんだねえ」

竜之助は感心してそう言った。

「なにせ、人間が細かいもんで」

蟻助が謙遜《けんそん》すると、女たちはいっせいにうなずいた。

八

竜之助は、八丁堀の役宅にもどって来た。

クジラの件も、猫の人形の件も、ほとんど進展はなかった。なんとなく手持ち無沙汰のような思いである。

「にゃあ」

やよいといっしょに黒之助も迎えに出て来た。

「よう、元気だったか」

飯の前に黒之助をかまった。

手毬を出して、動きを見る。たしかに、蟻助は猫の動きをよく捉えていた。

手毬の糸がほどけた。

――ん？

長く伸びた糸を見て、閃《ひらめ》いたことがあった。

――もし、人形に糸を結んで箱にもどしたら？

蟻助が家を出て行ったあと、それを引っ張ればいい。

だが、音がする。

その音に気づかれないようにするため、あの芸者の喧嘩騒ぎを起こしたのでは。

この推理が浮かんだら、確かめずにはいられなくなった。

「やよい。すぐにもどる」

すぐ小網町の蟻助の家に走った。

「よう、蟻助さん」

「おや、旦那」

「ちっと思いついたことがあるんだ」

と、さっきの推理を語った。

「糸を結ぶ？」

「そう。それくらいなら、蟻助さんが気づかないあいだにやれるだろう？」

「いや、やれません」

蟻助はきっぱりと言った。

「糸を結ぶだけだぜ」

「糸を結ぶときは、それなりの動きをしなくちゃなりません。あっしがそれを見逃すなんて考えられません」

蟻助がそう言うと、

「そう。うちの人はとにかく細かいところをよく見るんですから」

と、女房が付け足し、娘二人が深くうなずいた。

竜之助が飯を済ましてから、湯屋で温まって来ようとしたとき――。

蜂須賀家下屋敷で用人をしている川西丹波《かわにしたんば》がやって来た。

「お、川西さん。どうしたい？」

「こちらに、美羽姫さまは来ておられないですよね」

川西は青い顔で言った。

「いや、来てないぜ」

なぜ、こんなところに来なければならないのか。

「じつは、美羽姫さまと友だちの桜子姫さまが船で海に出たようなのです。そして、その船がまだもどっていないのです」

「ははあ」

と、竜之助は言った。

「なにか？」

「たぶん、そりゃあ、クジラ探しだよ」

「クジラ探しですと」

「朝、魚市場でクジラが盗まれるという騒ぎがあったんだが、美羽姫さまがどこで聞きつけたのか、見に来ていたんだよ」

「それはおそらく上屋敷からもどる途中にでも耳にしたのでしょう」

「姫はもともとクジラに興味がおありだ」

「クジラだけとは限りませんが」

「船頭は？」

「います。うちの屋敷の者と、土佐藩の者が二人ずつ付いています」

「それだったら、たぶんクジラを見つけたかして、まだもどらないでいるんじゃねえか」

「ただ、桜子姫さまがいっしょというのは気になるのです」

「もうじき嫁ぐんだろう？」

「それがご本人は意にそまず、美羽姫さまにいろいろ相談なさっていて」

「相談くらいするだろう」

「いや、あの調子だと失踪《しっそう》するとか言い出し、また美羽姫さまも付き合うとかいうことになりかねないのです」

「ああ」

たしかに、先が読めない二人である。

「でも、いまはどうしようもねえだろう」

「じつは、桜子姫さまの許嫁《いいなずけ》から、住まいについて姫の意見を訊きたいと言って来たそうで。土佐藩では慌てて、当家に行っているとごまかしたのだそうですが」

「まさか、クジラを捜しに行ったとは言えないか」

「言えませんよ」

「とりあえず、待つしかないだろう」

冷たいようだが、舟を出しても、広い海の上で見つけるのは難しい。たぶん、明日になると、あっけらかんとした調子で帰って来るに違いない。

九

竜之助は夢を見ていた。

自分は大きなクジラになっていた。

そして、太平洋を悠々と泳いでいた。

空は晴れ、海も凪《な》いでいる。そこを泳ぐのはなんと気持ちのいいことか。

あそこにいるのは咸臨丸《かんりんまる》ではないか。

そのかたわらを泳いだ。

咸臨丸は抜かれるのが嫌らしく、蒸気機関を発動させたらしい。蒸気で走るのは陸が近くなったときで、大海を渡るときは帆船になっているのだが、竜之助に抜かれたのはよほど悔しいらしい。

だが、竜之助は咸臨丸と速さを競うつもりなどなかった。

こんな広々とした海を、なんでわざわざ速さなど競い合う必要があるのか。

自分の好きな方向に、悠々と泳ぎ回るほうがよほど楽しいだろうに。

竜之助は、咸臨丸から離れ、大きく潮を吹き上げた。


竜之助が快適な夢の中にいたころ——。

魚河岸に近い江戸橋のたもとにやって来た酔っ払いが、かすかな呻《うめ》き声を訊いた。

——ん？

柳の木の陰あたりで、なにか動いていた。

酔っ払いは、最初、犬でも吠えかかってくるのかと思い、

「なんだ、この野郎。おれに噛みつく気か。おれなんか、しょっちゅう女房に噛まれてんだぞ。おめえになんか噛みつかれても、痛くもなんともねえや」

などと息まいた。

だが、犬はいっこうに噛みついて来ない。

呻き声はまだしている。

次に思ったのは、お産でも始まったのかということだった。

「おい、駄目だぞ。こんなところで子どもなんか産んだりしちゃ」

酔っ払いは、近づいて、呻いている女を産婆のところまで連れて行ってやろうとした。

「さあ、おれといっしょに来い」

酔っ払いは提灯《ちょうちん》を差し出した。

ところが、そこにいたのは、犬でも妊婦でもなかった。まだ若い、逞《たくま》しい身体をした男だった。

男は川から這《は》い上がってきたらしく、ずぶ濡れで、しかも血まみれだった。

「き、斬られた」

「え」

「伝えてくれ」

「ば、番屋にか?」

酔っ払いは、酔いと動揺で訳がわからない。

「クジラは駄目だ」

「クジラは駄目?」

「クジラに気をつけろ。それは……」

男はそこまで言って、がくりと顔を地面につけた。

「わぁあ、死んだ!　誰か、来てくれ!」

酔っ払いは喚いた。

「どうした?　なにがあった?」

駆け寄って来る者の声がしている。〈御用〉と書かれた提灯が揺れている。

だが、酔っ払いは、いま聞いたばかりのことをうまく伝えられるか自信がなかった。クジラがなんだっけ?　クジラはうまい。そう言うんだったっけ?

結局、酔っ払いは、

「この人が急に……」

とまでしか伝えられなかった。

第三章　姫さま海へ

一

美羽姫と桜子姫は船の上にいた。

「きゃはは……うまくいったね、桜子さま」

「あの者たち、あんなに警戒心がなくて、この激動の世の中を渡っていけるのかしら」

「ほんと。しっかりしてもらわなくちゃ」

二人の姫は、

「船酔いがひどくなってきたので、あそこの岸にちょっとだけ着けて休ませて」

と頼み、家来たちを先に下ろしたところで、船を岸から離し、ひたすら漕《こ》ぎまくったというわけである。

「ねえ、桜子さま。あの者たちは、まずあのあたりで船を手配し、自分たちで追いかけて来ると思う？　それともまずは藩邸のほうに報《しら》せに駆け込むと思う？」

美羽姫は、岸で騒いでいる家来たちに手を振りながら、桜子姫に訊《き》いた。

桜子姫はちょっと考え、

「追いかけて来ると思う。だって、藩邸に報せたら、自分たちの不注意が明らかになって、責任重大でしょ。だから、まずはわらわたちを捕まえようとするんじゃないの？」

「そう思うでしょ。だから、わらわはちゃんと、言葉の仕掛けを施しておいたの」

「どんなふうに？」

「うちの家来に、桜子さまに田安さまの霊岸島の屋敷に潮入り池があるかどうか訊かれたけど、そなたは知ってる？　って」

「あ、なるほど。そこを目指したと思ってしまうわね」

「でしょ」

「潮入りの池って、ほんとにあったっけ？」

桜子姫も田安家の霊岸島の屋敷には伺《うかが》ったことはあるのだが、池のことはすっかり忘れていた。

「あるの。それで、田安さまのところに船なんか入れられたら大変な騒ぎになるから、まずは藩邸に駆け込むと思う」

「なるほど。相変わらず気転が利くのね、美羽さまは」

二人の姫は櫓《ろ》を操りながら話している。

櫓はちゃんと調子も合い、まっすぐに進んでいる。

「これで土佐まで行けると思う？」

桜子姫が訊いた。

「行けるよ。外海に出るには頼りないけど、陸地沿いにゆっくり行けばいいでしょ」

「ずいぶん日にちはかかるでしょうね」

「でも、水の入った樽があったでしょ。あとは釣りとかして、魚を食べながら行けば大丈夫だよ」

「そうよね。わらわたちは釣りもできれば櫓も漕げるし」

二人とも見かけは可愛らしいが、下手な武士より危機下での生存能力は高いかもしれない。

「ただ……」

と、美羽姫の眉が曇った。

「なに、美羽さま」

「女二人が漕いでるのが見つかると、ちょっと面倒かも」

「狼藉者《ろうぜきもの》なら叩きのめすわよ」

「そういうのだけじゃなく、お船手組みたいのもずいぶん回っていると思う」

異国船がずいぶん入って来ているため、不届き者の船や、密貿易、密出入者などを警戒しなければならない。そのため、幕府の船は、あらかた動員されているらしい。

「そうか」

「遠目に見て、娘二人に見えなきゃいいのよ」

「できる？」

「ほら、そこにゴザが何枚かあるでしょ」

美羽姫は、船底の隅を指差した。

「あるけど」

「それで漁師に化けましょ」

二人はゴザを身体に巻きつけた。

「なんか、漁師というより、さまよう人みたい」

「ほんと。きゃはは」

姫たちは、根が暢気《のんき》である。

試しに江戸湾を出てみて、駄目なら引き返そうということで相談がまとまった。

だが、江戸湾への入り口近くまで来ると、

「美羽さま。出た！」

桜子姫が急に大声を上げた。

「お化け？」

「違うよ。ほら！」

桜子姫が指差した先に、波をかき分けるように黒い巨体が出現した。

「クジラだ！」

「ほんとにいたのね」

「魚河岸から逃げたかもしれないのって、これかしら？」

美羽姫はそう言って、じいっと見やり、

「この前見たクジラと同じだ」

クジラにも種類があり、名前は知らないが、これは同じ色かたちである。大きさも同じくらいで、背ビレ近くの傷も覚えていた。

「そうなの」

「とすると、魚河岸から逃げたクジラはどこかにいるのかしらね」

姫たちがクジラの悠々たる泳ぎに見とれていると、二人の船の右手のほうで、

「やっつけろ！」

「銛《もり》を投げろ」

などと騒ぐ声がした。

見ると、漁船が二艘、クジラに近づこうとしている。

「あの人たち、あれでクジラを捕まえられると思ってるのかしら？」

桜子姫は呆《あき》れて言った。

「足りないの？」

「ぜんぜん足りない。船は二、三十艘。漁師は二、三百人がかりで、クジラ一頭を仕留めるの。それでもはね飛ばされたりして、死人が出るくらいよ」

さすがに土佐藩の姫だけあって、捕鯨についてよく知っている。

「じゃあ、やめたほうがいいね」

「そう。よしなさい！　無理よ！」

だが、姫たちの声は漁師たちに届かなかった。

二

そのころ——。

竜之助が奉行所に行くと、矢崎たちがもどって来たところだった。

矢崎は昨夜、宿直《とのい》だったはずである。夜中になにか起きたらしい。

「どこへ？」

「魚河岸近くで殺された男がいた」

「では、おいらも」

駆け出そうとすると、

「おい、待て。おめえはクジラの謎をまだ解いてないだろうよ」

「それは戸山さんがお船手組と協力して解くと」

そういえば、戸山はあのあともどって来ただろうか。

「ばあか。戸山なんかに謎が解けっこねえだろうが」

「はあ。だが、その殺された男とクジラの謎は関わりがあるかもしれませんよ」

「え」

「どっちも魚河岸近くで起きた異変でしょう。そういうのって関わりがなさそうで、じつはべったり結びついていたりするんですよね」

「…………」

思ってもみなかったらしい。

「それはもちろん、おいらの出しゃばるところではないでしょうが」

「いや、おめえが言うことも、ぜったいないとは言えねえな。どうせ魚河岸に行くんだろうから、いちおう遺体も確かめておいてくれ。おいらもまたすぐ行くから」

「わかりました」

と、全力で走り、あっという間に魚河岸の現場に来た。

この前、クジラが横付けされたあたりに近い、江戸橋のたもとである。

筵《むしろ》で蔽《おお》われた遺体のわきには、定町廻り同心の大滝治三郎《おおたきじさぶろう》がいた。

「どうだ、知ってるやつか？」

と、通りかかる漁師たちに、顔を見てもらっているのだ。

「知ってる人はいました？」

竜之助は、遺体のわきに立って、訊いた。

「いねえんだよ。もう百人近く見てもらってるんだがな」

一昨日の晩、クジラのそばにいた漁師も、ここらの者が見知らぬ男だった。だが、あっちは大勢が確かめたわけではないので、当てにはならない。

「おいらも見せてもらいます」

と、筵をめくった。

「変な傷ですね」

上半身に細い斬り傷が、横にはないが、縦に斜めに数え切れないほど走っている。

「そうなのさ」

「検死の人はなんとおっしゃってました？」

「こんな傷は見たことがねえとさ。深い、致命傷となるような傷は一つもねえ。だが、出血はひどかっただろうから、早めに失血死したはずだとさ」

「むごい殺されようですね」

「ああ、大勢にやられたのかな？」

「だったら、傷は背中にあったり、横にあったりするんじゃないですかね」

「なるほど。では、小技を遣うやつに、いたぶるようにしてやられたのかな」

「そうですねえ」

竜之助もまだはっきりしない。

さらに、遺体の方々を見て、

「大滝さん。この人、漁師じゃないんじゃないですか？」

「なんで、そう思う？」

「日焼けの仕方が漁師とは違いますよ。急に焼いたんだと思います」

襟元の日焼けをしたところと、していないところとの差が、はっきりしている。漁師なら、夏は裸で日にさらされたりして、全身、真っ黒のような気がする。

「確かにそうだな」

さらに手のひらを見て、

「櫓を漕いだマメはつぶれたばかりですね」

「ほんとだな」

近くにいた漁師を呼び、手のひらを見せてもらった。

「ほら、やはり、違いますよ」

「ああ、こっちは素人っぽいな」

「しかも、ここを見てください」

と、こめかみを指差した。

「面摺《めんず》れか」

防具の面をつけてできる跡である。

「この人、武士ですよ」

「ここらでいくら漁師に訊いても見つからねえわけか」

三

そこへ――。

矢崎が奉行所からもどって来て、

「とくに、昨夜おかしなことがあったという報告は入っていないな」

と、大滝に言った。

「福川が、これは武士の遺体だろうと言うのさ」

大滝が竜之助の見立てを説明すると、

「ほんとだな」

と、うなずいた。矢崎は、根は素直で、頑迷な性格ではない。

「ただ、しばらくは漁師に化けていたのでしょうから、ここで知っている者を捜すのも、無駄ではないと思います」

竜之助は言った。

「おめえ、こっちの調べに加わるか？」

と、矢崎は訊いた。

「いや、おいらはまだクジラの謎を解いていませんし、そっちを解くと、この殺しにもつながってくるかもしれませんよ」

「わかった。じゃあ、頑張ってくれ」

というわけで、文治は殺しの調べのほうに回り、竜之助一人が、クジラのほうを探ることになった。

ただ、支倉の爺《じい》に頼まれたこともまだ解決できていないのだ。

それについては、一つ気になることがある。

人形が盗まれた日に蟻助のところに来ていたという用人はぜったい怪しい。その用人が本物だったかはまだわからない。許嫁《いいなずけ》のところの用人を名乗れば、蟻助も猫の人形を見せざるを得ないだろうから、それを狙った偽者だったかもしれない。

ここから小網町はすぐそばなので、蟻助のところに行き、やって来た用人の人相を確かめておくことにした。

「あの用人さまの特徴ですか？」

蟻助はちょっとだけ考え、

「背はそんなに高くないです。五尺と一寸くらいです。上半身はがっしりして、右肩のほうが少し下がり気味でした。薄い海老茶《えび》で、縦縞の袴を穿《は》いていましたが、長めに穿く癖があるのか、裾がちょっと汚れていました。着物は薄い茶色、紋は、四つ片喰《かたばみ》ですが丸で囲まれてました。帯は黒で、刀はいい拵《こしら》えのものを大小、柄《つか》はどちらも紅糸を巻いたもので、大刀の鍔《つば》は月に叢雲《むらくも》、小刀のほうは枝に咲いた梅。どちらも頑丈そうではなく、実戦向きではなかったと思います」

「詳しいなあ」

特徴というより、目の前にいる人をこと細かに描写しているみたいである。だが、家紋と刀の鍔は、大いに参考になる。

竜之助は忙しく筆を動かしながら、

「顔はどうだい?」

と、訊いた。

「額は狭いです。横皺の数は三本。眉の長さは二寸ちょうどで、真横に伸び、最後少し下がり気味になります。黒くはっきりしていますが、眉間寄りの端に、白髪が左右とも三、四本ずつ生えてました」

「そんなところまで見てたのか?」

「眉と目のあいだは一寸弱。はっきりした奥目です。鼻は横に広く、鼻毛が濃いのでしょう、穴が真っ黒い感じです。髭は薄く、口は男のくせにおちょぼ口。顎の先が二つに割れたようになっています」

「いいねえ」

「肌の色は白く、ほとんど陽に当たっていないでしょう。しゃべるとき、いったん間が空いて、もそもそしたような奥州訛《おうしゅうなま》りがあります。口を開けたときに見える歯の数は、上が四本、下が六本。煙草の脂《やに》で黒っぽくなっています。もっと詳しく言おうと思えば言えますが、ざっと言えば、そんなところでしょうか」

「凄《すご》い!」

竜之助は思わず膝を打った。

すると、おかみさんが後ろで、

「旦那。この調子で、家事だのなんだのを見られるあたしたちの気持ちになってくださいよ」

と、言った。

それは確かに大変かもしれない。

竜之助はこれを持って、築地の土佐藩下屋敷に向かった。

用人の桑江《くわえ》又右衛門《またえもん》を呼んでもらう。

「あ、南町奉行所の徳川、いえ、福川さま。はい、支倉さまから伺っております。お力添えをいただいていると」

「桜子姫は見つかりましたか？」

「まだなのです」

と、桑江は眉をひそめた。

だが、二人の行方については、竜之助はさほど心配していない。あの姫たちは突飛ではあるが愚かではない。我が身の安全はいちばんに考えているはずである。

中へ入れと桑江が勧めるのを、時間が勿体《もったい》ないと断わり、

「これは、桜子姫の嫁ぎ先の用人でしょうか？」

説明するのも大変なので、聞き書きした手帖をそのまま見せた。

「え、なになに……丸に四つ片喰の紋、月に叢雲の鍔、奥目で鼻の穴が黒く、顎の先が二つに割れている……間違いありません。この人物は、たしかに桜子姫さまの嫁ぎ先の用人・大瀬丈右衛門《おおせじょうえもん》どのです」

と、桑江は断言した。

「そうか、本物か」

「大瀬どのが蟻助のところに行ったのは、われわれも意外です」

「猫の人形のことは教えたので？」

「いいえ。そもそもは、わたしが殿に相談し、桜子姫が可哀そうだと考えてやったことです。もちろん、嫁ぎ先にも内緒でした。いったい、どこから洩《も》れたのでしょう」

「しかも、なぜ、わざわざ蟻助のところに行ったのでしょう？」

「ううむ。わかりませんなあ。ただ、われわれが思ったより、お相手は変わったお人らしいです」

「変わった人ねえ」

竜之助もよくそう言われる。そこらあたりは肩身が狭い。

「でも、大瀬どのは、新居のために見ておきたいとおっしゃったそうですね」

と、桑江は言った。

「そうらしいです」

「であれば、われらが大瀬どのに訊いても、そう答えるでしょうな」

口には出せないが、嫁ぎ先に対する不満はいろいろ出てきているのだろう。

土佐藩下屋敷から近い阿波《あわ》藩の下屋敷に寄って、美羽姫の安否を訊こうとやって来たら、ちょうど門から用人の川西丹波が飛び出して来た。

「あ、竜之助さま」

「姫になにかあったのか?」

さすがにどきりとする。

「姫は無事です」

「それはよかった」

「いや、よくないのです」

「どういうことだい？」

「いっしょに船で出た家来たちが、置いてきぼりにされたともどって来たのです」

川西がそう言うと、後ろにいた若い侍が二人、申し訳なさそうにした。

「そりゃあ、ご家来衆の責任じゃねえよ。あの姫君だもの」

竜之助がそう言うと、家来たちは涙目になった。ずいぶん川西からも叱られ、自分たちも責任を感じていたのだろう。

「しかも、もしかしたらその船を田安さまの霊岸島の潮入りの池に隠すかもしれないと言うのです」

と、川西は言った。

「へえ。支倉に訊いてやろうか？」

「いえ、竜之助さまのお手間を煩《わずら》わせるのは申し訳ないので、すでに支倉さまへお願いして、いまから確かめに行くところです」

川西たちが行こうとするのを、

「ちょっと待ちな」

と、引き止め、

「潮入りの池に入れてどうするんだろう？」

「さあ」

「なんで、そう思ったんだい？」

すると後ろの若い侍が、

「美羽姫さまが、桜子姫さまに田安さまの屋敷に潮入りの池はあるか訊かれたとおっしゃっていたので、さてはと思ったのです」

「ははあ、やられたな」

竜之助は苦笑した。

「やられたとは？」

川西が訊いた。

「それは、美羽姫の引っかけだよ。そう言って、逃げた船を追わないようにしたんだろうな。あの姫のやりそうなことだ」

「なんと」

「ま、行ってみたらいい。たぶん、来やしねえよ」

若い侍たちが駆けて行った。

それを見ながら、

「桜子姫さまが縁談のことで悩んでいるみたいでして」

と、川西が言った。

「だろうな」

川西は、猫の人形の件は知らないはずである。

「美羽姫さまは同情なさって」

「そりゃあ同情したくもなるさ。おいらもやはり、その縁談はやめたほうがいいと思うぜ。この先もいろいろ問題が起きそうだ」

竜之助が他家のことに口を挟むのは珍しい。

四

猫の人形の話がどこから洩れたのか、竜之助はそれが知りたい。そこがわからないと、盗んだ下手人も特定できない気がする。

——やはり、あの家族からか？

と、思ってしまう。

蟻助は真面目だが、女房や娘たちはちょっと蓮っ葉な感じがする。ついうっかり知り合いに洩らしてしまったといったことも考えられる。

家では訊きにくいので、蟻助に近くの甘味屋まで出てもらった。

連れて行くとき、例の並んで待っている連中が、「なんだか知らないが、仕事を遅らせやがって」という顔で竜之助を見た。

この連中も、下手人の可能性はないかと考えたが、座っている場所が玄関から離れたところに置かれた縁台だし、作業をのぞいたりすることもできない。

やはり、この連中にはやれそうもないのだ。

「なんでしょうか？」

蟻助は、不安そうに訊いた。

「じつは、桜子姫の嫁ぎ先の用人がここに来られましたが、あらためて訊いても桜子姫のほうでは、蟻助さんに猫の人形を頼んでいることなど伝えていないのです」

「そうですか？」

「不思議でしょう」

「偽者だったということは？」

「いや、蟻助さんに聞いた人相で確かめました。来たのは本当に用人だったようです」

「なんで、わかったんでしょうね？」

「それで、これは訊きにくいのですが、蟻助さんやご家族のほうから洩れたということは考えられないですか？」

「あっしのとこから？」

「思い出してみてください」

蟻助は、目の前に置かれたあんこの団子をうまそうに頬張りながら、

「いや、それはあり得ないですよ」

と、言った。

「あり得ない？」

「ええ。最初、あっしのところに来たときも、姫さまたちは名前はおっしゃいましたが、どこの大名家の姫さまなのかは、おっしゃっておられないのです」

「家名を名乗ってない？」

「ええ。ご用人さまが、故あって名乗るわけにはいかないがとおっしゃいまして」

「蟻助さんは、どこの誰ともわからないで仕事をするのかい？」

「それはきちんと前金を払っていただきましたので、安心して引き受けました」

「そうか」

確かに、そのへんの店にしたって、いちいち買い物する人の名前や身分を訊くわけではない。極端な話が、商売になれば相手は誰でもいいわけである。

人格者以外にはつくらないなどというのは、できっこないし、傲慢《ごうまん》でもあろう。

「ですから、うちのやつらも、あの方は桜子姫というだけで、どこの藩の姫か知らないですし、ましてや姫の嫁ぎ先なんか知るわけありません」

「それじゃあ、秘密を伝えようがないわな」

竜之助も納得した。

では、嫁ぎ先の用人は、どうやって蟻助の猫の人形のことを知ったのだろう。

「猫の人形は見つかりそうですか？」

と、蟻助は訊いた。

「それはなんとも」

「合い間を見て、同じものをつくり始めているんです」

「そうか」

「ただ、嫁入りなさる日までは間に合いそうもないですが」

蟻助は、申し訳なさそうに言った。

五

クジラの影を求めて日本橋川沿いを歩き、さらにその足で、ふたたび阿波藩の下屋敷に行った。

用人の川西を呼び出し、

「田安の家には来てないだろう?」

「来てませんでした」

「大丈夫だって。そのうちもどって来るよ」

「ですが、美羽姫さまはともかく、桜子姫さまのほうのお立場が」

「そうだよな」

「それで、桜子姫さまの用人の桑江どのが、相手に頼みに行くことにしたみたいです」

「頼みに?」

「ええ。やはり、あの生きもの好きの姫は、そちらの若とは無理だろうと。つまり、婚約は解消したいと頼むのです」

「そのほうがいいよ」

「でも、怒るだろうと言ってました」

「怒る？」

自業自得というものではないか。

「どうも、おかしな男のようです」

と、そこへ。

「川西さま！」

若い侍が駆け込んできた。

「どうした？」

「美羽姫さまと桜子姫さまがもどって来られました！」

「よ、よかったぁ」

川西が思わず、腰を抜かしそうになった。よほど心配し、いっきに安堵《あんど》したのだろう。

美羽姫と桜子姫がやって来た。いくらか疲れた顔だが、足取りは元気である。

「川西、すまなかった。最初は、気晴らしにクジラ見物に出たのだが、桜子さまの話を聞くうち、可哀そうでな」

と、美羽姫は川西に詫びた。

「まさか、逃げようと？」

「うん。桜子さまは失踪《しっそう》することまで覚悟した」

「なんと」

「わらわもそうなれば桜子さまに付き合おうと思った」

「そんな」

川西は泣きそうである。

「ところが、その矢先に、クジラが現われてな」

「クジラが！」

竜之助は、わきから思わず声を上げた。

「目の前で捕鯨漁が始まってしまったのです」

美羽姫がそう言うと、

「これがひどい漁でして」

と、桜子姫も言った。

「姫、そのクジラは？」

と、竜之助は訊いた。

「この前、品川沖で見かけたでしょう。あのクジラでした。どうやら、江戸湾の入り口からあのあたりに餌が豊富で、わざと滞在しているみたいです」

「大きさはどれくらいありました？」

「目測ですが、およそ八間（約十四メートル）」

「ほう」

巨大である。だが、このあいだ魚河岸に来たクジラのほうが大きかった。やはり魚河岸に横付けされたのは、別のクジラだったのだ。

「ほかにクジラはいなかったかい？」

と、竜之助はさらに訊いた。

「見ませんでした。ただ、ほかに変なものは見ました」

「変なもの？」

「クジラに飛ばされて、溺《おぼ》れそうになっていたお役人たち」

「え？」

「一人はお船手組、もう一人は町方の人でしたよ」

戸山に間違いない。

「それで？」

「助けてあげようとしましたが、同じ船に乗っていたほかの人たちに助けられていました」

「そうでしたか」

では、いまごろは奉行所にもどっているだろう。

六

夕刻──。

竜之助はまたも魚河岸前の日本橋川にやって来た。

西の空が赤くなっているが、対岸の建物などのせいで、川の水に赤い色は映っていない。あたりに人けが少なくなった川は、やはり冬の季節をたたえて冷たそうに見える。

この川はやはりクジラには小さすぎる。元気なクジラなら、こんなところまでは入って来ない。殺されたから、ここまで曳《ひ》かれて来たのだろう。

あのときのクジラをもう一度、思い出してみた。

大きな、丸みを帯びた身体。

黒い色をしているのは、闇の中でもなんとなくわかった。もし、青や赤や白だったら、乏しい明かりの下でもやはり判別できた気がする。

一瞬、動いた気がしたのだ。

水に浮いているのだから、当然、波に揺られ、動いてはいただろう。だが、そういう動きとは違っていたから、あのとき、異様な感じがしたのではないか。

――漁師は何人いたっけ？

クジラのわきに漁船がとめてあった。そう大きな船ではなかった。

その船の甲板に、四人ほど立っていた。

数えたわけではない。だが、いま、あのときの船の影を思い浮かべると、四人の影が見える気がするのだ。

そのほか、川岸にも、七、八人が立っていて、

「クジラに触るな」

などと叱ったりしていた。

――ちょっと待てよ。

なにか変である。

あの小さな漁船が、大きなクジラを曳いてきたというのである。

曳けるものなのだろうか。

しかも、あの漁船に十二人くらいの漁師が乗っていた？

そんなに乗っていたら、網を打つにも、釣りをするにも、人が邪魔になるだけだろう。

――やっぱり、あの漁師たちは怪しい。

七

家に帰ると、仔猫の黒之助が煮干しをもらっているところだった。

まだ、お乳を飲ませなくてはならず、飯どきには母猫のところに連れて行ったりしているらしいが、こうやって乳離れの訓練も始めさせたのだろう。

背を丸め、一生懸命、煮干しを舐《な》めたりしている。

そのようすは、なんとも言えず愛らしい。

――ん？

その黒之助の後ろ姿を見ているうちに閃《ひらめ》いたことがあった。

「また、出かけて来る」

と、やよいに言った。

「どちらに？」

「人形職人の蟻助のところさ」

「ご飯は？」

「もちろん、帰って来てから食べるよ」

と、言いながら飛び出した。

蟻助もちょうどご飯を食べていた。

「蟻助さん。盗みの方法がわかった」

「どうやったんで？」

「この前の猫の絵を見せてくれ」

「これです」

「これは、真後ろから見たところは描いてないよな？」

「ええ。だって、真後ろから見たら、ただの真ん丸いかたちですから」

「だから、真ん丸い贋物《にせもの》をつくったんだよ」

「え？」

「猫の贋物なんかつくっても、蟻助さんは一目で見破る」

「そりゃそうです」

「でも、真ん丸いかたちは贋物も本物もねえだろ」

「そうですね」

「その贋物をつくり、用人は本物とすばやく取り替え、背中だけ見えるようにして贋物を箱に戻した」

「あ、そうか！」

「さすがの蟻助さんも、まさか用人がそんなことをするとは思わない」

「そりゃあ、まあね」

「だが、そこからどうしたんだろう？」

竜之助は首をひねった。

贋物だろうがなんだろうが、それは忽然《こつぜん》と消えてしまったのである。

「もしかしたら、あらかじめ糸をつけてたんじゃないですか？」

と、蟻助は目を輝かせて言った。

「糸を？」

「ええ。旦那はこの前、あっしのところで縛ったようにおっしゃいましたが、贋物ならあらかじめ縛ったものを持って来ることができます」

「なるほど」

「それで細い、髪の毛で撚《よ》ったような糸だと、いくら細かいところを見るあっしでも、見逃してしまいます。ましてや、机の上は、金属の削りかすなどでかなり散らかっていますので」

「用人は、その糸の端を持って、外に出たわけだな」

竜之助はじっさい、そこから立ち上がり、玄関まで出てみた。

「あっしも立ち上がり、挨拶するのに玄関まで付いて行きました」

蟻助も同じように、玄関のところまで来た。

「そこですぐ、芸者の喧嘩が始まった」

「そうです」

「用人はこのあたり」

「ええ」

「蟻助さんは？」

「あっしはここらです」

「皆の注意はそっちに向いた。騒ぎ声もすさまじい。そこで用人は糸を引き、贋物を外へ引き上げた」

竜之助がそこまで言うと、

「あたしらもあのときは猫がことこと床を転がっていても、気がつかなかったでしょうね。なにせ凄い騒ぎでしたから」

女房が娘たちとうなずき合って言った。

「これで決まりでしょう」

と、膝を叩いたが、

「でも、あんな贋物は残して置いてもよかったんじゃねえですか？」

蟻助は首をかしげた。

「いや、それを引き上げなかったら、もろに、用人のしわざとわかってしまうだろ」

「たしかに」

「だが、なぜ、桜子姫からそこまでして猫の人形を奪わなければならなかったのだろうな？」

消えた謎は解けたが、この件、まだまだわからないことだらけである。

八

桜子姫の相手である松平助三郎《まつだいらすけさぶろう》は、噂どおり奇矯《ききよう》な性格の持ち主だった。

奇矯なところは多岐に渡ったが、特筆すべきは極端な生きもの嫌いと、数に対することだわりだろう。

とにかく、いろんなところで数が気になり出すと、それをかぞえないではいられない。

たとえば――。

あるとき、自分の頭にはいったい髪の毛が何本生えているのかと気になった。すると、家来に命じ、その数をかぞえさせたのである。

それは三人で三日かかったのだが、ついに十一万二千三百六十一本生えているとわかったのである。

このところ気になっているのは、自分は一日にいったい何歩あるくのかということだった。

当然これもかぞえずにはいられない。そのため、どこへ行くにも、歩数をかぞえるための家来を連れ歩いた。

途中、急に立ち止まり、

「屋敷からここまで何歩あるいた？」

などと訊いたりする。

「はい。六百七十八歩です」

だが、自分でもかぞえていて、

「六百八十四歩だ」

と、殴りつけた。

このため、この役につけられた者は必死である。途中、わからなくなることがないよう、色つきの竹ひごを持ち、百の位、千の位はこれを左から右に持ち替えるなどの工夫を凝らした。

これらは日々、記録される。

昨日は一日で一万二千六百二十四歩。

今朝は二千歩を超えたところまで来ていた。

朝、竜之助は奉行所に向かう途中、この松平助三郎と偶然にもすれ違ったのである。

親藩でもある奥州の大名家の次男であるこの若殿とは、これまでどこかで同席したこともあったかもしれない。

歳も同じ二十六歳。

体格もまさに似たようなものである。

親藩の大名家というと、たいがいは血のつながりもある。そのせいか、竜之助と松平助三郎は、顔も似ていた。

どちらも娘たちが思わず振り返るほどの美男である。

しかも、どちらも切れ長の目、すっとした鼻筋、固く結ばれた唇など、特徴もよく似ている。

それなのに、与える印象はまるで正反対なのだ。

竜之助は眼差しに、なんとも言えないやさしさがある。小さく微笑《ほほえ》みがある。弱い者への同情を漂わせる。さらに、おなごと目を合わせるとき、少し逃げるような、少年みたいな照れが現われる。

助三郎の眼差しは酷薄である。人や生きものに対する視線に、憎しみや悪意、軽蔑がにじみ出る。弱い者への思いやりなどかけらもない。この目に照れや羞《しゅう》恥《ち》が現われたことなどあっただろうか。まるで槍のようになった視線で、じいっと相手の目を見つづける。

竜之助の口元は、どこかひょうきんである。爆笑を誘うというのではないが、ふっと洒落《しゃれ》た冗談が出てきそうな口元である。ものを食べるときは、びっくりするほど大きな口になる。

助三郎の口元はほとんど動かない。まるで腹話術でも使おうとしているかのように、唇を動かさずに話す。ものを食べるときも、口はあまり開けない。食べるというより、隙間に送り込んでいるという感じである。

だが、なにより違うものがある。

それは、竜之助の表情が好奇心や発見に充ちた英知あふれるものであるのに対し、助三郎の表情は、ゾッとするような狂気を漂わせていた。

この二つの顔が、いま、出会おうとしていた。

場所は三十間堀沿いの道。

西豊玉《にしとよたま》河岸と呼ばれる河岸の上である。

竜之助は、八丁堀のほうからやって来た。南町奉行所に向かっている。見習いゆえ、中間《ちゆうげん》も連れず、たった一人である。

松平助三郎のほうは、西のほうからやって来た。家来を五人連れている。いずれも屈強な身体つきをした、若い侍である。

二人は目が合っていた。

だが、表情に変化はない。

二人のあいだが二間ほどに迫ったときである。

堀とは逆の商家のほうから一匹の茶色い猫が現われて、

とっとっとっ。

と、横切ろうとした。

すると、松平助三郎の目に怒りが宿った。

松平助三郎は、右手に棒を持っていた。反りはない。ただ真っすぐな、樫《かし》の棒である。これはつねづね持ち歩き、刀を抜くほどでないものは、これで打ちのめした。

その棒を握った手に力が入った。

それからすばやくはね上がり、打ち下ろされた。

竜之助の手も動いた。

棒が打ち下ろされたとき、竜之助の手はすばやく横に払われた。

きらり。

と、閃光《せんこう》が走ったように見えたのは、刃のせいである。

竜之助はそのまま真っすぐ歩みを進めた。そのときは、もう抜かれた刀は元の鞘《さや》へと納まっている。

助三郎は、猫を打ちのめすことができなかった。なんとなれば、棒の先五寸ほどが、斬られてすっぽ抜けるように、とんでもない方向に飛んだからである。

猫はそのまま無事に、河岸のほうへ通り過ぎた。

助三郎も、すぐになにが起きたかはわかった。

立ち止まり、いま、通り過ぎた町方の同心に対し、

「なんだ、きさま！」

と、怒鳴った。

竜之助は振り返り、

「町中で物騒な振る舞いをなさろうとしたので」

冷静な表情で言った。

「おのれ、町方ふぜいが」

と、助三郎は言った。

「相手がどなたであろうと、町方同心は江戸の町の治安を守るときに、遠慮はいらぬと言われておりますので」

「なんだと」

助三郎が竜之助に向かって突進しようとするのを、家来が慌てて止めた。

「若。ここではいけません」

「どうか、堪《こら》えられて」

「大事を前にしているのです」

などと、口々に言った。

竜之助は無言のまま踵《きびす》を返して歩き出す。

背中に強い殺気を感じているが、振り向きもしない。

第四章　幽霊船

一

美羽姫は、桜子姫が心配で、朝から土佐藩邸までようすを見に行った。

桜子姫のほうが一歳上で、姉のように慕ってきたが、気持ちは自分より弱い気がする。あの屋敷の用人もいい人だが、しょせん女の気持ちはわからない。

昨夜は、桜子姫のために、少しだけでも船旅をつづけるべきだったかと、何度も思った。だが、海の危険はクジラだけではないだろう。やはり、引き返してよかったのだと思う。

美羽姫は、顔なじみの門番たちに挨拶し、まっすぐ桜子姫の部屋に向かった。

「あら、美羽さま」

桜子姫は犬猫たちと遊んでいるところだった。

「どう？　一晩寝て、元気は出た？」

「うん。やっぱりこの子たちと会うと、元気をもらえるみたい」

美羽姫にもなついている犬や猫たちが三匹ずつ、桜子姫の周りをうろうろしている。美羽姫が屋敷で飼っている犬猫たちの親だったり、子だったり、兄弟だったりする。

「よかった。安心したよ」

美羽姫も胸を撫《な》でおろしたとき——。

「桜子姫さま！」

用人の桑江又右衛門が駆け込んで来た。血相が変わっている。

「どうしました？」

「松平助三郎さまが……！」

「助三郎さまがどうなされた？」

「縁談の解消を申し出たことに怒って、乗り込んで参りました」

「まあ」

どたどたと足音がしてきた。

家来が止めるのを聞かず、奥へ入り込んで来てしまった。

「大勢いるのですか？」

桜子姫は怯《おび》えながら桑江に訊《き》いた。

「いや、家来は外に待たせているみたいですが、入って来たのは助三郎さまお一人」

すぐ近くで、

「桜子姫！」

呼ぶ声がした。

桜子姫の顔が強張《こわば》った。

「大丈夫。わらわがついてますよ」

と、美羽姫が小声で言った。

「ここにおります」

桜子姫が返事をした。

「ここか」

松平助三郎が入って来た。

端整な顔が、怒りのために蒼ざめ、こめかみのあたりがひくひくしている。美羽姫も怖くなった。

いま、桜子姫の部屋にいるのは、桜子姫に美羽姫、それに用人の桑江又右衛門の三人だけである。

「なんでしょうか？」

それでも桜子姫は、まっすぐ助三郎を見た。

「桜子姫、婚約を解消したいとは、どういうことでしょうか」

「それは。わたしはやはり、生きものたちが……」

「生きものがなんですか？」

「そばにいなかったら、わらわはやっていけないのです」

「たかが犬猫のことで」

「たかがでしょうか？」

「畜生どもでしょうが」

「そういう思いの方とは……」

桜子姫は口ごもった。

そんな桜子姫を立ったまま下目遣いに見て、

「わたしの思いはどうなるのです？」

と、助三郎は言った。

「助三郎さまの思い？」

「姫との暮らしを夢見たわたしの思いですよ」

助三郎の目から涙が溢れた。

それは大粒で、しかも次々にふくらみ、滴り落ちた。

桜子姫は思わず目を逸《そ》らした。

美羽姫は驚いたが、そのようすをじっと見た。

「わたしは一目見て以来、桜子さまに憧れてきました。まさか、縁談が持ち上がるとは、夢にも思っていませんでした」

「わらわのことを……」

「桜子さまは生きものが大好きというのも聞いていました。それで、生きもののかわりに、桜子さまが屋敷の暮らしを楽しむことができるよう、いろんなことをするつもりでした」

「まあ」

「わたしは生きものだけはどうにも駄目なので、生きものが出てくる古今東西の書物や絵物語を集めさせました。また、毎日おいしいものを召し上がってもらおうと、寿司職人の名人と、そば打ちの名人を二人、屋敷に来るよう命じていたのです。わたしなりの精一杯の誠意のつもりでした。それを、いまさら解消なさりたいとは……」

助三郎は嗚咽《おえつ》していた。

「申し訳ありません」

そう言って、桜子姫が顔を押さえ、畳に突っ伏した。

部屋は、居たたまれないほど、重苦しい雰囲気に充ちた。

だが、美羽姫は冷静だった。桜子姫の横で、じいっと助三郎を見つめていたが、

「桜子姫が好きだなんて嘘おっしゃい！」

と、大きな声で言った。

「あなたは？」

「蜂須賀家の美羽と申します」

「ああ、美羽姫さま。わたしは、あなたにも言いたいことはあった」

「わらわに？」

「徳川竜之助さまと許嫁だそうですな」

「それは川西が申し上げたはずですよ」

「いや、許嫁がいるとは聞いたが、徳川家のお人とは聞かなかった」

「そんなことはふつう言いませんよ」

「いや、言います。なぜなら、徳川家は特別ですから。わたしは、幕府に歯向かう不届き者となり、命さえ危うくなるでしょう」

「大げさな」

「いいえ。姫はそれを隠して、わたしに求婚させ、断わって恥をかかせてくれた」

「求婚？」

そんなことも聞いていない。

「川西どのは、お伝えしていなかったようだな。それとも、わたしの言葉を聞き取れなかったかだろう」

「別に隠してなどおりませぬ。ただ」

「ただ、なんです」

「竜之助さまが、その気がないとわかっているから」

「その気？　くだらぬことを」

「なにがくだらないのです？」

「美羽姫さま。われわれ大名同士の婚姻は、下々のそれとは違いますぞ」

「どこが違うのですか」

「あんなやつらは、劣情を催すたびに、惚れただの好いただのと騒ぎ、けだもののようにむつみ合い、まぐわうだけでしょうが。しかし、男女の仲は、そうした劣情に支配されてはならないのです。子々孫々の繁栄のため、いかなる相手を選ぶべきなのか、それを第一に考えなければならないのです。その気などということは、どうでもよいことなのです」

松平助三郎は自信にあふれた、きっぱりとした口調で言った。

さっきの涙はすでに乾いている。

「わたしの好きという気持ちも、そんな劣情ではなく、互いの家のことまで見つめた正しい選択を意味しているのです」

「そんな……」

「なにか異論でも？」

「本当に好きなら、生きもののことも、たとえば一室だけ部屋をつくって、そこで飼ってもいいとか、いかようにも工夫できるではありませんか。本当に好きなら、そこまで考えてくださるはずです」

美羽姫は桜子姫のほうをちらりと見て言った。

「生きものは汚い」

と、助三郎は顔を歪めて言った。

——汚い？

美羽姫は、助三郎の言葉で、ようすが変なことに気づいた。

畳の部屋には入らないようにしている。また、柱や壁にも触れたくないらしく、両手は袖の中に入れている。しかも、床に触れる部分も少なくしたいのか、つま先立ちになっていた。

——小さい男。

美羽姫は、胸のうちでつぶやいた。

「ま、美羽姫のことはもうけっこうです。それより、これは当家の名誉にも関わること。なんとしても桜子姫との婚約を解消するとおっしゃるなら、賠償を求めさせていただきますぞ」

「賠償……」

桜子姫は用人の桑江を見た。

その桑江を睨《にら》みつけ、

「その金額などはいずれ相談させていただく」

松平助三郎はそう言って、桜子姫に別れを告げた。

二

桜子姫と美羽姫は庭に出て、母屋から離れた雑木林のほうへ向かった。

そこは陽が当たり、屋敷の中よりまだ気が晴れそうで、美羽姫が誘ったのだった。

美羽姫は、桜子姫の肩を抱くようにして、陽の当たるところで木に背中をもたれかかるようにさせ、

「元気出そう」

と、慰めた。

だが、桜子姫は首を左右に振り、

「わらわは人を傷つけてしまった」

泣きながら言った。

「そんなことないよ」

と、美羽姫は言ってみるが、自分の言葉に力がないのはわかった。

「助三郎さまの、あの涙、美羽さまも見たでしょ？」

「うん」

あれは美羽姫にとっても衝撃だった。男があんなふうに泣くのを初めて見た。

桜子姫に悪意はなかったにせよ、松平助三郎を傷つけたということは間違いないのかもしれない。

「わらわが、助三郎さまが生きものはあまり好きではないとお聞きしたとき、きっぱりとお断りすればよかったのです」

「そんな」

大名家同士で取り決められる縁組を、姫が自分の好みで断るなどということは、まずあり得ない。

「うちの用人や父上たちはお優しいので、いちおうわらわの好みなども訊いてくれていたのです。そんなことは珍しいでしょう？」

「そうよね」

「わらわも一度、加賀さまのお屋敷の催しで、さりげなくお会いしていました。端整な、どことなく徳川竜之助さまとも似た容貌を、好もしく思ってしまったのもいけなかったのです。まさか、あんな性格の人だったなんて」

桜子姫の涙は止まらない。

「それは仕方ないよ、桜子さま」

美羽姫もいっしょに泣き出している。

「仕方がない？」

「だって、わらわたちは、男の人たちのことをほとんどなにも知らないまま、お嫁に行ったりするのだもの」

ほんとにそう思う。別に、男と話がしたいとか、遊びに行きたいとかいうのではない。出合い茶屋——そういうものがあることは女中に聞いた——そんなところに行きたいわけではもちろんない。

ただ、男は女とどんなふうに違うのか。性格や好みなどはどんなふうに見極めればいいのか、まったく知らないのだ。

すべて人に言われるまま。「あの人はこんな人」というのを信じなければならない。

そんなふうにしてお嫁に行くって、なんかおかしい気がする。

「ねえ、美羽さま。どうしてお嫁になんか行かなきゃいけないんだろうね。自分の屋敷で、犬とか猫たちとずっと暮らしていけたらいいのになって思うよ」

言いながらしゃがみ込むと、後をついて来ていた犬たちが、桜子姫の膝や手にまとわりついた。

「わらわもそう思うよ」

美羽姫も深くうなずいた。

「なにも贅沢《ぜいたく》なんかしたくないよね」

と、桜子姫は言った。

「したくないよ」

「姫なんてつまんないよね」

「つまんないよ。うちのおこまって女中が言ってたよ。姫さまは可哀そうだって」

「可哀そう？」

「うん。わらわは自分では好き勝手しているつもりだったけど、おこまが言うのは縁組のことだったの。あたしたちにはいざとなれば、駆け落ちとか心中って手があるけど、姫さまたちにはそれもないでしょって」

「まあ」

「でも、ほんとだよね」

「ほんとね」

「わらわは、犬とか猫を見ていると、しょっちゅう、いいなあって思うんだよ」

美羽姫も犬を撫でながら言った。

「いいなあって思うの？」

「そう。変かな？」

「ううん。わかるよ」

「犬猫なんて、人と比べて下等な生きものだとか言う人がいるけど、ねえ桜子さま、そんなことないよね？」

「まったく、そんなことないよ」

「人間なんてずるいばっかりだし、言葉が話せるとか言ったって、自分に都合のいい弁解とかごまかしばっかり言ってるし」

「どうでもいいことばかりしゃべってるよね」

「そうだよね」

姫たちの嘆きの言葉は、いっかな熄《や》む気配を見せなかった。

三

福川竜之助が南町奉行所の同心部屋に入ると、戸山甲兵衛が来ていた。吟味方の部屋から市中見回り方の部屋に来るのはしょっちゅうである。なんせ、上役にもかなり熱心に、配置換えを願っているらしい。

矢崎は嫌そうにそっぽを向いているし、大滝は漁師殺しの件で、今日も早くから魚河岸に詰めていていない。

となれば、相手をさせられるのは竜之助しかいない。

「よう、福川」

待ってましたとばかりに声をかけてきた。

「あ、戸山さん、おはようございます」

「昨日はひどい目に遭《あ》ったぜ」

とは言ったが、とくにどこか怪我をしたようすもないし、顔色もいい。

「戸山さんと別れたのは、一昨日でしたが？」

「あのあと、お船手組のあの馬鹿に振り回されたのさ」

「あの馬鹿？」

「ああ、蛸貝だよ」

「親友ではなかったので？」

と訊くと、戸山はものすごく嫌な顔をした。

「誰が親友だよ」

「意気投合したとおっしゃってましたよ」

「あ、ああ」

思い出したらしい。

「奥方の悪口で盛り上がったのでは？」

「それは忘れろ」

「忘れろ？」

そんな勝手な論法があるだろうか。

「とにかく、蛸貝というやつはほんとの馬鹿で、意気投合したと思ったのはおいらの気のせいだった」

「クジラ探しに行かれたんですよね？」

「探したよ。一晩中ずっと江戸湾を」

と、戸山は疲れた顔でうなずいた。

そのあと、夜が明けてから、江戸湾の出口のほうでクジラを見つけ、またしても突入しようとしたが、今度はクジラの立てた波で甲板から振り落とされたのではなかったか。

美羽姫たちから聞いた話で類推すれば、そんな話になる。

「海に落ちたそうですね？」

竜之助はうっかり訊いてしまった。

「え？　なんで知ってるんだ？」

「あ、いや」

そういえば知るはずのない話なのだ。

美羽姫たちが近くにいて、そっちから聞いたなんてことは言えない。

「いや、さっき、誰かが」

「おかしいな。誰にも言ってなかったんだが」

戸山が怪訝《けげん》そうに竜之助を見たので、

「クジラは見つかったのですか？」

慌てて話を逸らした。

もちろん、結果は知っている。ただ、見解は違うかもしれない。

「ああ、見つかったよ」

「よかったですね」

「よくねえんだ。蛸貝のやつ、敵みたいなものを目の当たりにすると、船ごと突入するのが癖というか、信念というか、とにかくぶつかって行くんだよ」

「ははあ」

このあいだ、矢崎を乗せていたときもそうやって突進したのだろう。

「そういえば、蛸貝は矢崎に似てるよな」

と、戸山は言った。

矢崎は話している途中でいなくなっている。

「矢崎さんに？　どこがです？」

「足が速いのが自慢だから、とにかく突進していくだろ。そういうところだよ」

「……」

矢崎よりは、この戸山に似ている気がする。

「だが、まあ、これでクジラの謎は解いたな」

「え？　解けたんですか？」

「解けただろうが？　魚河岸に持って来たクジラは死んでなんかおらず、沖に帰って行き、いまも元気で泳いでいるんだ。魚河岸の連中にもそう言っといてくれ」

「いや、それは、早急過ぎる結論では？」

「どこが？」

「だって、同じクジラかどうかはわかりませんよ。そのクジラはどれくらいの大きさでした？」

美羽姫は目測でおよそ八間と言っていた。戸山が美羽姫より正確な目測ができるとは思えない。

「クジラの大きさなんかわからねえよ。クジラの大きさを測る物差しがあったら持ってこいよ。もういっぺん行って、測ってきてやるから」

戸山はムッとしたように言った。

「せめて、目測くらいでも」

どれくらい外れるか訊いてみたい。

「目測だと三十間（およそ五十四メートル）くらいかな」

「三十間！　それは信じられませんよ」

「じゃあ、お前が行って来い。蛸貝の船に乗せてもらえよ。おいらから紹介されたと言えばいいから」

「はあ」

行ってみてもいいかもしれない。ほかにいろいろ見たいものもある。

「おいらはもう嫌だがな」

「だが、蛸貝さんは仕事熱心な人に見えましたよ」

と、竜之助は言った。

それは、少なくとも役人として、非難されるべきことではない。

「仕事熱心は間違いねえよ。ただ、熱心過ぎて、周囲は皆、うんざりしているのさ。仕事熱心な馬鹿くらい迷惑なものはないから」

「それはひどいですよ」

さすがに竜之助も先輩をたしなめた。

「あいつ、このところ、江戸湾に出没する怪しい船を見つけ追いかけているが、いっこうに捕まらないらしいぜ」

「そんな船がいるんですか？」

と、竜之助は訊いた。興味が引かれる話ではないか。

もしかしたら、魚河岸の殺しともからんでくるかもしれない。

「ああ、まるで幽霊船みたいにどこからか出没するらしい」

「へえ」

「大きい船なんですか?」

「蒸気船ほどはでっかくはないが、けっこう大きいらしいな」

「へえ」

そんな船がいたら、さぞかし目立つだろう。

「狙いは異国船らしい」

「なんでわかるんですか?」

「夜、沖に泊まっている異国船の周りをうろうろするらしい」

「そりゃあまずいですね」

もし、異国船が攻撃されるようなことになれば、薩摩《さつま》とのあいだで起きた戦争のように、江戸の町人だって危険な目にさらされるのだ。

この前、魚河岸で見た光景のように、亜米利加人と江戸の町人たちは、ちゃんと仲良くやっていけるのである。武士が余計なことをしなければ。

「まずいさ」

「幕府の軍艦なども警戒しているのでしょう?」

「してるだろうけど、蛸貝の報告はあまり本気にされていないみたいだな」

「どうしてですか？」

「蛸貝の報告も悪いんだよ。怪しげな船とだけにしておけばいいのに、幽霊船などと言っているから、あまり本気で受け取られていなかったりするんだろうな」

これはやはり、蛸貝に直接訊いたほうがいい。

四

お船手組の組屋敷は大川沿いにいくつかあるが、蛸貝は霊岸島の南端にある船見番所に詰めていることが多いという。

そこは八丁堀からも近い。

竜之助は、一人でここにやって来た。

いままで鉄砲洲側からは見ていたが、ここに立つのは初めてである。

大川が石川島と佃島《つくだじま》にぶつかって二つに分かれ、海へ入るところになっている。当然、景色はいいが、ただ、前の島が邪魔して江戸湾を一望することはできない。湾内を見張るというよりは、大川から江戸の中心部に入る船を見張るのに適した場所と言える。

番所に顔を出すと、五、六人の役人たちが、七輪を囲んでいた。

いい匂いもしている。

暖を取りながら、サツマイモを焼いていたらしい。

「ん？」

皆、怪訝そうに竜之助を見た。町方がなにしに来た、という目である。

「蛸貝さんはおられますか？」

と訊ねると、中にいた五十くらいの役人が外の船を指差した。

「いちばん手前の船」

「船の中ですか？」

「ああ、あいつ、陸には上がらないよ」

歳恰好《かっこう》からして、蛸貝の上司らしい。

「え？」

「陸に上がると、陸の人間になってしまうらしいぜ。だから、ずっと船にいる」

「はあ」

「蛸貝に用？」

「ええ」

「変わってるぜ、あいつ」

「らしいですね」

「仕事はできなくはないけどな」

微妙な言い方である。

「ま、話してみな」

許しを得て、船のところに行った。

もちろん、猪牙舟《ちょきぶね》よりはるかに大きい。

高さもかなりあって、岸に立っている竜之助の目と、船の手すりの位置がほぼ同じくらいである。

ところどころに鉄板が張られ、いかにも軍船ふうである。

左右に四丁ずつ、後部に二丁の櫓《ろ》がある。水夫《かこ》が十丁の櫓を漕げば、かなりの快速船となるだろう。

側面に板が打ちつけられ、蛸と貝の絵が描いてある。

——蛸貝か……。

こういう遊びのようなことができるということは、蛸貝はこの船の船長なのだろう。

「蛸貝さんはおられますか？」

下から声をかけると、

「なんだ？」

上から顔をのぞかせた。

どことなくのん気そうな表情で、クジラに突進するような粗暴な男には見えない。

「町方の者ですが」

「見りゃあわかるよ」

「戸山さんに紹介されまして」

「あいつ、怯えてただろう？」

「はあ」

「海に放り出されたら、よっぽど冷たかったんだろうな。もう二度と船には乗りたくないとさ」

「そうでしたか」

「あんたもクジラ探しかい？」

「というより、水辺でいろいろ不審なことが起きているんです」

「だろうな」

「江戸湾にはいろいろ怪しい船も出没するそうですね」

「そうなんだよ」

「抜け荷の船が来てるということはないですか？」

「来てるだろうな」

当然というような顔で言った。

「怪しい船というのは抜け荷の連中ですか？」

「それがわからねえんだよ。捕まえてみねえことにはな」

「だが、捕まらないのですね？」

「神出鬼没ってやつだよ」

「まずいですね」

「そりゃ、しょうがねえよ。こんだけ異国船が来るようになったんだから」

「はあ」

「国を開いたら、いいやつばっかり来るとは限らねえ。ろくでもねえのもわんさかやって来る。国を閉ざせば、そういうやつが来るのはかなり阻止できる。そのかわりいいやつや、いいものも来なくなる」

どうもかなり理屈っぽい人らしい。

「大変ですね、蛸貝さんも」

「大変だよ。おれなんか、毎日毎晩、船で江戸湾を見張りっぱなし。おかげで陸の上で寝る暇もねえ」

「でも、海の上が好きなんでしょ？」

「誰に訊いた？」

「いや、わかりますよ。いかにも海の男って感じがしますから」

竜之助は軽いお世辞のつもりで言ったのである。

ふだんはお世辞を言ったりはしない。むしろ、そういうのは言いたくない。

だが、蛸貝は変だとずいぶん聞いていたので、ちょっとだけ懐柔しようというつもりで言ったのである。

だが、「いかにも海の男」という言い方は、蛸貝の心のツボを深く強く押してしまったらしい。

遠い目をした。

蛸貝の胸の奥で、「じぃーん」という音が鳴っている気がした。

「いかにもおれは、海の男だぜ」

なんだか役者にでもなったみたいに、胸を張った。

五

それからしばらく、蛸貝が江戸湾を一回りさせてやるというのを、

「今日はけっこうです」

「そんなこと言わずに乗れ」

「いや、ほかにも用がありまして」

「海の曲者《くせもの》より重大なことなんかないだろう」

と、さんざんやりとりがあった挙げ句、必ずまた来ると約束して退散して来たのだった。

奉行所にもどって来ると、細工職人の蟻助が待っていた。

「すみません、いきなり来てしまって」

「いや、それはいいんだ」

「奉行所は初めて来たので、珍しくて」

待っているあいだ、いろんなところを見ていたらしい。

「そんなに意外なところはないだろう?」

「そうですね。お白洲と牢屋だけかと思っていたんですが、ここらは普通の屋敷っぽいのですね。机なども地味ですし、いや、なんかこんなふうに刀掛けが並んで、茶飲みがあんなところに置かれているのかとか」

興味津々のようすである。

「それで、なんだい？」

「例の話です」

「あ、ちょっといいかい」

と、外に連れ出した。

あれは、支倉に頼まれたことで、奉行所の中ではないしょにしている。必要となれば報告するが、いまはまだ、土佐山内《やまうち》家の内輪の話にとどめておきたい。

数寄屋橋のたもとあたりに出て来て、

「なにか、わかったのかい？」

と、訊いた。

「なんで秘密の話が洩《も》れたか、わかりました」

「ほう」

「うちの前で、順番待ちをしている人たちがいますでしょう」

「ああ、いるな」

いまもあの四人は毎日来ているらしい。

「あの中にお武家さまが一人いるんですが、あの人から洩れたんじゃないでしょうか？」

「なぜ？　あそこからは、あんたの家の中はのぞけないだろう？　寒いから戸も閉めていて、声も聞こえないはずだぞ」

竜之助もいったんは疑ったのである。

「じつは、思い出したのですが、姫さまがご用人といっしょに来られたとき、姫さまがちらっとそっちを見たんです。そのときのお顔が、あれ？　あの人は？　って表情だったのです」

「ははあ」

「あれは知ってる人だったんですよ」

「そうか。姫が知っていたら、向こうも知っていたかもしれないな」

「ええ」

身なりからしても、大身の旗本とか大名の子弟あたりだろう。もし、大名の子弟なら、大名家の催事などで顔を合わせることもある。

「だが、おそらく盗んだやつは背中だけの贋物《にせもの》までつくったんだぜ。そういうことまで教えられるものかね？」

「その人は、あっしにこういうものをつくって欲しいと希望を言っていたのですが、猫がいいと。しかも、黒猫だと」

「ほう」

「だが、黒猫はいま、とあるお姫さまに頼まれて、同じようなものをつくっていると言いました。断わるつもりでしたので。すると、大きさを訊いたので、二寸の球体が元になっていると言いました。後ろから見ると真ん丸に見えると」

「なるほど、大きさも知っていたか」

「それで、その人は意匠を変えて、座布団に寝ている黒猫にしたのですが、もし誰かに伝えようと思えば伝えられるわけです」

「なるほど。よし、直接訊いてみよう」

と、そのまま蟻助の家に向かった。

蟻助の家の前には、今日も四人が並んでいた。

だいたい昼過ぎくらいに現われ、夕方、蟻助の仕事が終わるまでいるらしい。

ずいぶん暇なもんだと呆《あき》れるが、武士以外は若旦那と、あとの二人は大店《おおだな》の旦那の代理で、手代が来ているらしい。

その武士は、今日も二番目に並んでいた。

「すみません。ちょっとお話を伺いたいんですが」

「わしの話が？」

蟻助といっしょにやって来た竜之助を、武士は不思議そうに見た。

誰にも聞かれないよう、路地を出て、日本橋川の岸辺まで来ると、

「もしかして、桜子姫さまをご存じですか？」

「ああ。知ってるよ。姫のほうがわしを知っているかはわからないがな」

「たぶん、どこかでお見かけしたくらいかもしれませんね」

「それがどうかしたのか？」

「あなた、ここで桜子姫が黒猫の人形を頼んでいることを、誰かに教えましたね？」

咎《とが》める感じにならないよう、気をつけて訊いた。

それでも武士は、

「それが悪いのか」

と、ムッとした顔をした。

「いや、悪くはないんです。ただ、ちょっとした事件につながって行った気がするので」

「ちょっとした事件？」

「はい。あなたは誰に教えました？」

「松平助三郎というわしの友だちに教えたよ。信夫《しのぶ》藩の藩主の弟さ。桜子姫が助三郎に嫁ぐことになっているのでな」

「やっぱり」

後ろにいる蟻助を見て、竜之助はうなずいた。

「助三郎は生きものが大嫌いなんだ」

「ええ」

「それで、嫁ぐことになった姫が、本物は駄目だろうから、せめて小さな人形でも、肌身離さず持っていたいと思われたのではないか」

「まさに」

「わしはそれをしゃべり、桜子姫がお可哀そうだ、猫一匹くらい飼うことは許してやれよと忠告したのさ」

「そうでしたか」

　悪気があってしたことではないのだ。

「なにがあったんだ？」

「いや、それは」

「町方が何度も来るくらいだから、おかしなことはあったんだろうな。助三郎がなにかやったのか？」

「しそうなお人なんですか？」

　竜之助は逆に訊き返した。

　武士は少し考えていたが、

「あいつは、昔はあんなにひどい性格じゃなかったんだがな」

　と、言った。

「そうですか」

「だから、わしはあいつのことを思って、つねづね忠告していたんだ。もっと鷹《おう》揚《よう》な人間にならないと駄目だと」

「そうですか」

「つまらぬことを気にしすぎる。生きものを嫌いすぎる。数のことが気になって、いつもなにかをかぞえていたりする。あれは自分でも疲れるはずだ」

「へえ」

「もう一度言ってやらないと駄目だな」

「逆に怒るんじゃないですか？」

「なあに、大丈夫」

「失礼ですが、お名前は？」

「わしは松平長九郎《ちょうくろう》という」

「お大名で？」

「大名家の四男だ。助三郎とは別の家だがな。あいつと同じ、藩主の弟という情けない身分だよ」

「そうでしたか。いや、ありがとうございました」

松平長九郎は、蟻助にもうなずき返し、さっきの列にもどって行った。

竜之助はその後ろ姿を見ながら、

「これで、松平助三郎と用人が下手人だというのは明らかになったな」

と、蟻助に言った。

「大変なことになっちまいましたな」

蟻助は恐縮したように言った。

「凄《すご》いな、蟻助さん」

「なにがですかい？」

「謎のほとんどを解いてしまったじゃないか」

猫の人形を盗むとき、糸を使ったこと、そして桜子姫の秘密が洩れたわけ。それは蟻助の細かな観察眼があってわかったことである。

「そんなことはありません。旦那が途中まで解いてくれたからですよ」

「いや、大事なのは最後の詰めなんだ。それはたいしたもんだよ」

「そうですか。けっこう褒《ほ》めてもらえることですか」

「ああ」

「ちっと図々しいんですが、奉行所から感状みてえなものってのはもらえないもんでしょうかね？　いえ、銭なんてのは要らねえんです。そういうのがあると、こう壁に張っておいたりできるじゃねえですか」

「ああ、なるほど。もちろん、あげられると思うぜ。いちおうお奉行が出すものだから、おいらが申請してみるよ」

「いやあ、ありがてえ。ほら、あっしは家でも人間が小せえ、小せえって言われてるじゃねえですか。なんか、こう、人間が大きく見えるようなものがあればいいなと」

蟻助はけっこう気にしているらしい。

それはそうだろう。

「人間が小さい」

などと評されたら、それは堪《こた》える。

——おいらも気をつけねえとな。

と、竜之助は反省した。

六

これで蟻助のところから盗まれた猫の人形の謎は、ほぼ解明できた。それを依頼してきた支倉の爺《じい》に報告しなければならない。

やよいを連れて田安門のところまで行き、支倉を呼び出して来てもらった。

もともといるかいないか、誰も気に止めていなかった十一男なので、直接中に入って行ってもいいのだが、同心の恰好はまずい。

するとと着替えたりしなければならず、それが面倒臭い。

九段坂のほうで待っていると、支倉は小走りにやって来た。

「爺い。わかったぜ」

猫の人形が消える前に、蟻助のところにやって来た大瀬丈右衛門が下手人で、その手口も説明した。

「やはり、あそこの用人でしたか」

「藩名もわかったぜ」

支倉は伏せていたのだ。

「ま、それはそうでしょう」

「信夫藩というのは何万石だい？」

「二万石です」

大藩とは言えない。

「藩主の弟なんだってな」

「ええ。じつは、今朝、その松平助三郎が桜子姫に文句を言いに来たそうです」

「文句を？」

「縁組を解消したいと申し入れたことに怒ったわけです」

「今日かい？」

「はい。朝早くから血相を変えて来たらしいですぞ」

竜之助は今朝のできごとを思い出した。

——あいつか。

あの男は危ない。

いま、世の中が乱れ、もともと危ういものを持った男たちが興奮状態になっている。

竜之助が見るに、攘夷《じょうい》か開国かはあまり問題ではない。その考えに囚《とら》われ、熱狂してしまう気質の問題の気がする。

要は、自分を主張し、暴れることができるなら、どっちでもいいのだ。

そうした男たちは、周囲が見えていない。他人の迷惑もかえりみない。ただ、おのれが目立てばいい。

そんな連中から町人を守るのが、町方の役目である。

「それで、爺はこのことをどうするつもりだったんだ?」

「わたしは真相を探るよう頼まれただけですので、当事者ではありません。まあ、これから土佐藩の桑江どのとも相談しますが、相手が信夫藩では大げさにはできないでしょう。桑江どのも真実がわかればいいのでは」

「そんなわけにはいくかい」

と、竜之助は言った。

町人の蟻助のところから、丹精込めてつくった人形が盗まれた。他藩の偉い人がやったことだから、ああ、そうですかと、それは町方の同心のすることではない。

「え？」

「おいら、いまから信夫藩邸に行くぜ」

「え、用人を捕縛なさるので？」

「しらばっくれるだろうがな」

「そうしたら？」

「いったん引き下がってさらに攻めるつもりだが、途中、調べは中止ってことになるだろうな」

「どういうことです？」

「ま、見てなって。たぶん、おいらの予想する通りに進むから」

信夫藩の用人である大瀬丈右衛門は、ふだんは下谷の上屋敷のほうにいるという。

その上屋敷に行き、南町奉行所同心の身分を名乗ると、大瀬を呼び出した。

「外で話したほうがいいと思いますぜ」

話の中身は薄々察知したらしい。

「わかった」

と、後をついてきた。

近くに三味線堀という大きな池がある。

三味線のかたちに似ている。けっこう魚がいるらしく、この寒いのに釣りをしている者も何人かいる。

池のほとりに立ち、

「蟻助のところから猫の人形を盗まれましたね」

竜之助は単刀直入に言った。

「無礼な」

「あのとき盗みができたのは大瀬さましかいない。手口もほぼわかりました。同じかたちをした猫の贋物を準備して、蟻助の目を欺《あざむ》きましたな。まるで手妻《てづま》を使ったみたいな、見事な盗みでござった。感服いたしした」

と、わざとらしく頭を下げた。

「証拠はあるのか」

「いままでわかった状況を説明し、なぜ、助三郎君がその猫のことを知ったかなどを明らかにすれば、充分、証明できると思われます」

「馬鹿な」

「町方の手出しならぬと申されるなら、評定所を通しても構いませぬ」

「ううっ」

すると、多くの名が明らかになる。

松平助三郎、大瀬丈右衛門、桜子姫……。信夫藩松平家だけでなく、山内家の内幕まで明らかにされるだろう。

それはやはり大名家にとっては恥と言わざるを得ない。

「では、明日また伺わせていただきますが」

竜之助はこれ以上、突っ込まないことにした。

翌朝——。
竜之助の予想した通りのことが起きた。

蟻助が竜之助の役宅にやって来て、

「福川さま。これが」

と、猫の人形を見せた。

それは本当に可愛らしく見事な人形だった。

猫が背を丸め、手毬《てまり》を抱いているが、その顔や姿がなんとも愛らしい。

そして、目が深い海のように青く、手毬の模様である赤や黄色も鮮やかだった。

思わず、

「おい、やよい。見せてもらいな」

と、声をかけた。

「まあ」

息を飲む可愛らしさ、美しさである。

「どこにあったんだい？」

と、竜之助は訊いた。

「玄関の土間のところです」

「土間？」

「下の地面を掘り、これを入れてから、外の土は埋め戻したみたいです。土の掘る音はあまりしなかったようで、あっしもうちの女どもも朝起きるまで誰も気がつきませんでした」

蟻助はまだ、ちょっとだけ手を入れたいと言ったが、これはいったん桜子姫に渡して安心してもらうことにした。

竜之助はやよいとともに田安家に向かった。

面倒だが、爺から渡してもらったほうが、面目も立つだろう。

「こうなるのを若は予想したのですな」

猫の人形を眺めながら、支倉は言った。

「ああ。必ず返してくると思ったよ」

「もう要らないのでしょうか？」

「要らないさ」

「いったいなにを考えているのでしょう？」

支倉は首をひねるばかりである。

「まだわからないかい、爺」

「さっぱりです」

「桜子姫をいろいろ疑心暗鬼にさせたかったのさ」

「疑心暗鬼に？　なんのために？」

「そうすれば桜子姫は追い詰められた気持ちになり、錯乱する。すると、どうなる？」

「さあ、下手すりゃ離縁ですな」

「それを言い出させたかったのさ」

「え？」

「だが、もう婚約解消を申し出たからそれも必要なくなった」

「まさか賠償目当てですか？」

支倉の目が大きく見開いた。

「そういうこと。この野郎はほんとにひでえ野郎だぜ」

竜之助の顔は怒りで紅潮していた。

七

信夫藩の下屋敷のほうは、深川の堀沿いにあった。

松平長九郎は、いつもここには舟でやって来ていた。

十五、六のころは、亡くなったもう一人の友人・本多喬四郎《ほんだきょうしろう》と来ていた。むろん、長九郎が暮らす駒込の大鷲《おおわし》藩の下屋敷にも集まっていた。亡くなった本多喬四郎の鶴沼《つるぬま》藩の下屋敷にも行った。

三人には甲虫《かぶとむし》の飼育という幼いころから共通の道楽があり、それでしょっちゅう集まっていた。

甲虫を幼虫のころから育て、成虫となってからは相撲を取らせて遊ぶ。大関から前頭十五枚目まで、三人はそれぞれ甲虫の力士を持っていたのだった。

だが、本多が急に亡くなって、その道楽も冷めてしまっていた。

それでも、助三郎と長九郎の仲はつづいていたのである。

ただ、去年の夏ごろから、やけに縁談に夢中になって、長九郎の誘いを断わることもしばしばだった。

長九郎が自分で漕いで来た猪牙舟を堀の船着き場に泊めると、猪牙舟を二回りほど大きくした舟が三艘ほど舫《もや》ってあるのに気づいた。

ここから屋敷内の池に直接漕ぎ入れることもできるが、今日は船着き場で降り、表門から助三郎を訪ねた。

相変わらず殺風景な庭である。

というより、殺伐とした雰囲気になってきていた。

むろん甲虫の飼育をしていたころは、こんなふうにはなっていない。もっと豊かな森に囲まれていた。

そこには猫はいなかったが、犬もいたし、鳥や虫たちもいた。

本多が亡くなってから、徐々にこんなふうになってきたのだ。

「よう。長九郎か」

助三郎は、なにか磨いていたらしい。たすきをし、布切れを持っていて、その手が黒く汚れていた。

「今日は忠告をしにやって来た」

「忠告？」

「町方がお前のところに目をつけたぞ」

「ああ、わかっている。打っちゃっておけ」

「お前ら、蟻助のところでなにかしたのか？」

「たいしたことはしておらぬ。それにもう、片づいた」

「お前、桜子姫に冷た過ぎるから、いけないのだ」

「桜子姫？　あんな女のことはどうでもいい」

「どうでもいいって、嫁にするんだろう？」

「破談になった」

「え、なんでまた？」

「お前、うるさいよ」

助三郎は迷惑そうに顔をしかめた。

「うるさいとはなんだ。わしはお前のためを思って言ってるのだぞ」

「それが余計なお世話だというのだ」

「藩にも迷惑をかけるぞ」

「逆だよ、馬鹿。世の中がひっくり返ったとき、藩士や民は、わしの先見性とありがたさを知るのだ」

「それが独善というのだ」

「やかましい。わしはお前のような、くだらぬ工芸品を集めて喜んでいる世捨て人ではないのだ」

「くだらぬとはなんだ」

「くだらなくなかったら、小さい男がすることだ」

「小さいだと」

長九郎の目がつり上がった。

「女子どもが喜ぶような、細工物だろうが」

「あれは、お前だって昔好きだった甲虫に通じるものがあるぞ」

「ふん。そんなことはもう忘れたよ」

「いい加減、兄貴に対する妬《ねた》みは捨てろ」

長九郎は、助三郎の前に立ち、睨むように言った。

助三郎の顔色が変わった。

「そのことを言うな」

「なぜだ。お前こそ小さい男だろうが」

「きさまぁ」

「なにかあったことはわかっているぞ。それは本多の死とも関わっているんだろう」

「それもやめろ」

助三郎は刀に手をかけた。

「やるのか。そなたに負けた覚えはないぞ」

長九郎も刀を抜き放った。

「それは道場での話だろうが」

助三郎が刀を抜き放ったとき、長九郎の顔に驚愕《きょうがく》が走った。

「なんだ、その刀は」

そう言ったとき、長九郎に百刃の剣が襲ってきた。

第五章　海の竜

一

竜之助が同心部屋に入ると、大滝治三郎と矢崎三五郎が相談ごとをしていた。二人とも腕組みし、眉間に皺《しわ》を寄せているので、今夜の飲み会の相談ではなさそうである。

「いくら毎日冷えるったって、もう荼毘《だび》に付すしかしょうがねえぜ」

「ああ、どうしようもねえよ」

どうやら、江戸橋近くで見つかった死体のことらしい。見つかってからもう四日目になるかもしれない。

「まったく手がかりは無しですか？」

と、竜之助は訊《き》いた。

「ああ。着ていたものはぜんぶ着替えたんだろうな。武士としての正体を窺《うかが》わせるものはまったくない。福川が気づいてくれたことだけだよ」

大滝がそう言い、

「あれだけ顔を知ったやつがいないってえのもな」

矢崎がため息をついた。

「茶毘に付すのをちょっとだけ待ってもらえませんか」

と、竜之助は大滝に頼んだ。

「なんで？」

「ものすごく細かな手がかりがあるかもしれませんよ」

「なんだよ、ものすごく細かな手がかりって？」

矢崎が訊いた。

「いえ、そういうのが得意な男がいるんです。常人では気づかない細かいところに目が行く男なんです。見てもらうと、なにか手がかりが得られるかもしれません」

もちろん蟻助のことである。

頼まれて感状が出るようにしてやると約束したが、あの件は奉行所には報告せずに進めている。それで感状を願い出るわけにはいかない。

もちろんぼんやりした言い方で請求することもできる。だが、それでは手柄がはっきりせず、蟻助としても自慢はしにくいだろう。

もし、これでなにか発見してくれたら、堂々と感状を申請できるのである。

「じゃあ、連れて来いよ」

大滝はそう言って、一足先に死体を移してある魚河岸近くの番屋に向かった。

矢崎は町回りに向かうらしい。

蟻助を呼びに行き、道々、事情も説明した。

「細かいところ？　それはまかせてください」

と胸を張ったが、いざ筵《むしろ》をかぶせた死体を目の当たりにすると、

「お役に立てればいいんですが」

自信なさげな顔をした。

「なにもわからなくても気にしなくていいんだぜ」

そう言いながら、竜之助が筵をめくると、

「うわぁ」

と、小さく悲鳴のような声が洩《も》れた。

「悪いな。ちょっと拝んでやってくれ」

竜之助は軽く肩を押した。

蟻助は、しばらく睨《にら》みつけるように死体を見ていたが、

「傷のほうについては、あっしはなんにも言えませんね。なんせ、こういうものはあんまり、うぷっ……」

口を押さえた。吐きそうになったらしい。

「見たくないものは見なくていいんだぜ」

「いや、大丈夫です」

一度、ぱしっと自分の頬を叩き、気合いを入れた。

いつもの仕事のときのような目になった。やがて、

「ん？」

と、首をかしげた。蟻助は死体の爪を見ている。

「どうかしたかい？」

「ほら、黒い塗料が爪についてるでしょ」

「どれどれ」

たしかに小さな黒い汚れがある。

ただの汚れにも見えるが、光沢らしきものがある。

「これは、あの用人の手にもついていました」

「そうなのか」

すると、信夫藩の者なのか。これは重要な証言である。

ただし、あの件は秘密である。大名家の婚姻に関わることなので、奉行所でも表沙汰にせず、うちうちで解決した——蟻助にもそう説明してあった。だが、用人という言葉くらいは口にしないと、どうしようもない。

「誰だい、用人て?」

と、後ろから大滝が訊いた。

「あ。ちょっとした知り合いなんです」

竜之助は適当にごまかし、

「黒い塗料か。墨ではないし、なんだろうな?」

と、蟻助に訊いた。

「おそらく異国のものでしょう」

蟻助は、はるかな目をしただけだった。

二

「あとはこっちで調べる。ありがとうよ」

と、礼を言い、蟻助には帰ってもらった。

しばらく大滝とともに塗り物屋でも当たるかなどと相談していたが、ふと外を見ると、瓦版屋のお佐紀がいるではないか。

こっちをのぞき込むようにしている。

どうやら殺しの調べがどうなったか、訊きに来たらしい。

「よう、お佐紀ちゃん」

「なんだか、調べに進展があったみたいですね」

腕利きの瓦版屋の顔になっている。

「大滝さん。お佐紀ちゃんは物知りだから訊いてみましょうか？」

「そうだな」

大滝の許可をもらった。

「じつは、死体の手に塗料がついているんだけど、どうも異国のものみたいなんだ。お佐紀ちゃん、瓦版刷ったりするから、そういうの詳しくないかい？」

「ちょっと見せてもらっていいですか」

傷を見せるのは刺激が強いので、筵から指だけを出して見てもらった。

「その黒いやつだよ」

「光沢がありますね」

「そうなんだよ」

「これ、たぶん、西洋の家とか塀に塗るやつですよ。ペンキっていうやつ」

「ペンキ……」

「水をはじくから、洗ってもなかなか落ちませんよ。だから、雨とかにも強く、木が腐らないんです」

「ということは、舟にもいいね」

「ええ。蒸気船ではしけにしている舟にも、これが塗ってありますよ」

「あ、だから、あんな派手な色をしてるのか」

竜之助が見たのは、きれいなみかん色をしていた。

「だが、これは黒ですね」

「そうだな」

「目立つ色じゃないですよね」

横浜に行ったとき、西洋の家は明るい色をしていた覚えがある。

では、どこに使ったのか。

「ペンキって横浜まで行かないと買えねえかな？」

と、竜之助はお佐紀に訊いた。

「さあ、どうですかねえ。そういえば、どこかでペンキを塗った塀を見た気がします。あれ、どこだったっけ？」

お佐紀はしばらく考え、

「そうだ。深川です」

「へえ」

深川とは意外である。西洋の文物にはまるで縁のない土地柄のような気がする。

「詳しい場所は忘れました。でも、行けば、わかると思います」

ペンキの入手先から、信夫藩の者らしき殺された男や、下手人の足取りも辿《たど》れるかもしれない。

「いっしょに行ってくれるかい？」

「はい」

お佐紀は嬉しそうにうなずいた。

「じゃあ、福川、頼んだぜ」

「わかりました」

竜之助は、お佐紀といっしょに深川へ向かった。

三

歩き出すと、江戸橋のたもとのところで、

「あ」

美羽姫と桜子姫にばったり会ってしまった。

「まあ」

と、驚いている。別に竜之助に会いに来たわけではないのだ。

二人とも軽く息を切らしている。いつもいる護衛の者は見当たらない。どうやら走ってまいてしまったのではないか。

まったく、やんちゃな姫君たちである。

「これは、お姫さまたち」

さりげなく美羽姫に目配せした。身分のことはないしょだぜ、という合図である。

「奉行所の福川さま」

と、返事をしたので察してくれたらしい。

「おでかけですか？」

「わらわたちは、男を見て歩いているのです」

美羽姫はあっけらかんとした調子で言った。

「え」

あまりに過激な言葉に、竜之助は思わず腰が引けた。

「わらわたちは、あまりに男の人のことを知らな過ぎると、桜子さまと反省したのです。ねえ、桜子さま」

「はい」

と、桜子姫もにっこりうなずき、

「だから、わらわはあんなとんでもない人との縁談を承知してしまいました。もっと男の人を見る目を養おうという話になったのです」

「そうでしたか」

だが、それは大事なのかもしれない。

ただし、そんなにかんたんに見抜くことができればだが。

「福川さま。男の人の見るべきところはどういうところでしょう？」

と、桜子姫が訊いた。

難問である。

「ううむ、男のおいらに訊かれても」

竜之助が考え込むと、

「わたしでよければ」

と、お佐紀がおずおずと前に出て来た。

「ぜひ」

美羽姫はうなずいた。

「相対しているときというのは、男も女もどうしても取り繕った、いい顔をすると思います。そんなものはいくら見てもわかりません。それよりも、他の人や、生きものと接する態度をわきから見ると、その人の心根がよくわかったりする気がします」

「わきから見る？」

「弱い者や貧しい者を見るときの目、子どもを見るときの目、犬猫を見るときの目。それらに男の人の本性が滲み出ている気がします」

「なるほど」

「いいことを聞きました」

二人の姫たちはうなずき合った。

「それでは福川さま」

「ああ、頑張ってください」

姫たちは日本橋のほうへ行くようだった。


「桜子さま。いいことを聞きましたね」

歩きながら美羽姫は言った。

「わきから見るのね」

「たしかにそうですよ」

「ええ。竜之助さまのあの娘さんを見るときの目。わらわはしっかり見ましたよ」

「まあ、さっそくに？」

「竜之助さまは、あの娘さんのことをお気に入りですね」

「そうですか」

「美羽さま。好敵手、出現」

桜子姫はからかうように言った。

「好敵手だなんて」

「でしょ？」

「竜之助さまの身の回りの世話をしている女中がいるんです。やよいさんというのですが、その方のことも竜之助さまはお好きみたいです」

「まあ。けっこう気が多いのね」

「でも、どっちも魅力があるの。あれは迷っちゃうと思う」

「美羽さまのことだって、お好きだと思うけど？」

「ううん。竜之助さまは、姫だの殿だのという世界から逃げ出したいのです」

「だったら」

「わらわも屋敷を飛び出さないと駄目。でも、そこまでするんだったら、わらわは屋敷で犬猫たちと遊んでいるほうがいいかな」

「わらわも、そこまでの勇気はないような気がします」

二人はそんなことを言いながら、日本橋の人混みへまぎれ込んで行った。

四

竜之助とお佐紀は、永代橋《えいたいばし》を渡って、深川に来た。

橋の上は、風の冷たさに震え上がるくらいだったが、深川に入ると人が多いこともあるのか、ほわっと暖かくなった気がした。

「ペンキを見たのはいつのことだい？」

と、竜之助は訊いた。

「最近のことです。あのときは、富岡八幡から洲崎稲荷に行き、木場《きば》を巡って帰って来ました。その途中で見たのだと思います」

「なるほど」

竜之助は、深川は直属の上司である矢崎の担当外なので、滅多に来ない。たいがい日本橋から神田、浅草や本郷あたりを回っている。

だが、川や掘割は大好きなので、もっと来たいところである。

寒いときの水辺の風情もなかなかである。岸辺の草木が枯れているのは少し寂しげで、川や堀の水は夏よりもいくぶん白っぽい気がする。

だが、風情を感じるのは、お佐紀がいっしょだからか。どこか気持ちが浮き浮きしているのだ。

竜之助は、魅力的な娘たちがそばにいるので、その点では幸せだなと思う。

賢いお佐紀。

色っぽいやよい。

どっちが女房にふさわしいだろうか。

所帯を持ったさまを想像してみる。

どっちも幸せな気がする。

お佐紀といっしょになると、竜之助は始終、外国へ行ったりするのではないか。

「来月はエゲレス行きだぞ、お佐紀」

「まあ、大変」

「でも、お佐紀は英語も達者だからいいさ。おいらの英語はべらんめえが強すぎるのか、なかなか通じねえ」

「だって、お前さんたら、わたしという意味のアイを、アイラとか言ったりするからよ」

なんて、叱られたりしそうだな。

やよいといっしょになると、子どもがいっぱいできそうだ。

「お前さん、もっといっぱい働いておくれよ」

「目一杯働いてるぜ。昨日も矢崎さんから、月に二十五日の宿直《とのい》は多すぎるって注意されたんだぜ」

「だって、お前さん。来月には二十三人目の子どもが生まれるんだから」

などと想像していて、

――いやあ、二十三人は大変だよな。

ぴしゃりと額を叩いた。

「福川さま？　どうかされたので？」

「あ、いや。ちと、考え過ぎてしまって。あっはっは」

我ながら馬鹿みたいである。

富岡八幡から洲崎稲荷と足早に回って、木の香りが漂う木場をぐるっと回り、仙台堀に近づいたころだった。

「福川さま。あれ」

お佐紀が塀を指差した。

「ほんとだ」

高さ一間ほどの板塀が、白いペンキで塗られている。

いかにも爽やかで、この周囲でも俄然《がぜん》目立っている。

正面は店《たな》になっている。板がいっぱい立てかけられ、何人かが店先でかんなをかけていた。横のほうでは、板に緑の塗料を塗っている。それがペンキらしい。

「旦那はいるかい？」

と、竜之助が訊いた。

「あっしですが」

答えたのは、ペンキを塗っていた男である。

五十くらいの、いかにも江戸っ子ふうの男である。指先に緑のペンキがついている。

「それはペンキってやつかい？」

「そうです」

「ここはペンキ屋なんだな？」

「いや、うちは材木屋なんですが、これを塗ったのも売ることにしたんですよ。西洋の家はこの板でできているんですぜ」

建ててから塗るのではなく、あらかじめペンキが塗られた板を使うという手もあるらしい。便利なので、これはこの先、流行《はや》るかもしれない。

「ペンキは横浜で買ってくるのかい？」

「仕入れはね。でも、うちでもペンキを売ってますぜ」

と、店の奥を指差した。

樽がいっぱい並んでいて、色の見本のように、樽の表面にも色が塗ってある。赤、橙《だいだい》、青、緑、紫もあった。

「このへんにはペンキを売るところは多いのかい？」

竜之助はさらに訊いた。

「いやあ、こんな新しい商売を始めたのは、うちが最初ですよ。妙なものを売るなとか言って、怒っているのもいますよ。ま、ああいうのは新しい世の中についていけなくなる連中ですよ」

おやじは自慢げに言った。

よく見ると、足元は革靴である。

「ところで、黒いペンキを買いに来た人はいなかったかい？」

「ああ、いました。十日ほど前かな。漁師のなりのくせに、やたら態度のでかいのが、三人くらいで来ました」

竜之助は胸の中で、

「そいつらだ」

と、叫んだ。

「いっぱい買ったのかい？」

「ええ、ずいぶん買って行きましたよ。うちに三つあった樽では足りなそうにしてましたからね」

「よほど大きなものに塗るんだな」

「ま、でも、ペンキで黒板塀にしようと思ったら、それくらいは使っちまいます」

「どこの人かはわからねえよな？」

「わかりませんね。ただ、そっちに行ったからけっこう近くなんじゃないですかね」

「そっちに？」

おやじが指差したのは、仙台堀に架かった亀久橋《かめひさばし》である。

たしかに大川の向こうにもどるなら、亀久橋のほうには行かない。渡って北のほうに行けば、小名木川《おなぎがわ》沿いには大名家の下屋敷が多い。田安家の、いくつかある下屋敷も、その小名木川沿いにある。

お佐紀もいっしょに向かった。

「さっき、おやじさんがペンキを塗っているとき、鼻につぅーんとくる臭いがしてましたよね」

「ああ、してたね」

「もし、それを使っていたら、近所の人はきっと気づいたと思います」

「たしかに」

霊巌寺などが並ぶ寺町の裏手を抜けて、小名木川沿いにやって来た。

深川海辺町《うみべちょう》に番屋を見つけ、ここらの切絵図を見せてもらう。

——これだ。

すぐ近くに、信夫藩松平家の下屋敷があった。

いちおう番太郎に臭いのことを訊いてみた。

「ああ、そんな話がありましたね。なんか変な臭いがしているって。そちらのお屋敷の近くでしたよ」

番太郎が指差したのも信夫藩の下屋敷である。

——やっぱり、そうか。

あの桜子姫の許嫁《いいなずけ》・松平助三郎は、ずいぶんいろんなことを企《たくら》んでいるらしい。

五

「もうこれ以上は、お佐紀ちゃんの身に危ないことが起きるから」

そう言って、なかば無理やりお佐紀を帰した。

「危ないところなんか平気ですよ」

と、お佐紀は無鉄砲なことを言ったが、瓦版に書かれるとまずいことまで見せる羽目になりかねない。

事件が明らかになったら、お佐紀の瓦版が最初に記事を書けるようにするからと約束して、やっと引き返してもらったのだ。

そのあと、竜之助は信夫藩下屋敷の周囲で訊き込みをした。

さらに下谷の上屋敷も探り、いったん魚河岸に近い番屋に寄って、すでに死体を荼毘に付したことを確認した。

それらを奉行所にもどって、大滝と矢崎に報告した。

「かなり厄介《やっかい》なことになりそうです」

「まあ、言ってみな」

と、大滝は促した。

ペンキを探るうち、小名木川沿いの信夫藩の下屋敷に辿り着いたこと。

ここの用人も、以前、爪にペンキをつけていたことは、蟻助から聞いている。

「この半月、潮入りの池があるその下屋敷に、小舟の出入りが多くなっているそうです。しかも、夜になってからだそうです」

「ほう」

「おいらは黒いペンキをその小舟に塗ったのではないかと思うんです」

「夜、見にくいだろうな」

「ここの藩士は乱暴な者が多いという評判もありました」

「なるほど」

「それから、内部の事情を探るのに、下谷の上屋敷のほうにも行ってみました。

そこでは、中間《ちゅうげん》から藩主と下屋敷にいる弟との仲が険悪だと聞きました」

「ははあ」

「しかも、隣の藩邸の中間からは、信夫藩ではいま、脱藩する藩士が増えているという話を聞きました」

「そりゃあ、まずいな」

「ところが、脱藩した藩士なのに、下屋敷のほうにたむろしているらしいのです」

「藩の中はぐじゃぐじゃか」

「おそらく」

「そういうのが漁師のふりして、ろくでもないことをしてるんだろうよ」

と、矢崎が言った。

「はい。仲間割れも考えられますね」

「上屋敷からの密偵だったかもしれねえな」

矢崎は想像を逞《たくま》しくした。

「だが、尻尾《しっぽ》切りを摑ませられるぜ、それは」

と、大滝は言った。

「ええ。大本《おおもと》まで迫りたいです」

竜之助はうなずいた。大本は、松平助三郎と、用人の大瀬丈右衛門だろう。桜子姫を苦しめている張本人でもある。

「ちと、いろいろ手つづきが要るな」

大滝が難しい顔だが、覚悟を決めたように言った。

「舟がらみの怪しげなこともしているので、ここはお船手組にも協力してもらうべきではないでしょうか？」

竜之助がそう言うと、

「駄目だ。蛸貝なんか出てきてみろ。かえって混乱して、訳がわからなくなるぞ。ここは我々だけで解決すべきだ」

矢崎が慌てて止めた。


竜之助が八丁堀の役宅に帰って来たのは、ちょうど陽が落ちたときだった。

数軒手前の家の前あたりに、やよいの影が見えた。

「よう」

「お帰りなさいませ」

「なにをしてるんだ？」

「黒之助に母猫のお乳を」

「ああ、そうか」

刻んだ煮干しやかつぶしなどは食べるが、まだ完全に乳離れはできていない。

やよいは竜之助が手に提げている包みを見て、

「それは？」

と、訊いた。

「あ、これはクジラだ」

「クジラ？」

魚河岸近くの番屋に寄った帰り、戸山と入ったクジラの店の前を通ると、竜之助の顔を覚えていたおやじが、持って行ってくれと、なかば無理やりくれたのである。

「クジラの皮なんだ」

「まあ。クジラの皮なんて、固そうですね」

「固いところじゃないんだ。皮の裏にぶ厚い脂がついていて、そこのところだ。おいらは刺身でも食ったけど、うまいもんだぜ」

「脂ですか」

「これを薄く切って汁に入れて食えば、寒い冬も乗り切れるんだとさ」

「わかりました。じゃあ、さっそくやってみましょう」

と、やよいは包みを受け取った。

竜之助は、猫に目をやった。

——ん？

猫がやけに大きく見えた——と思ったら、仔猫たちが集まっていたからだった。

ふと、思った。

——小舟も集まると大きくなるよな。

頭の中で、その小舟に屋根をかけてみたりする。

そういえば、お船手組の蛸貝は、おかしなことを言っていた。

「神出鬼没なんだ」と。

竜之助は、あの晩、魚河岸で見た黒い巨体を思い出していた。

六

翌日——。

竜之助は矢崎にないしょでお船手組の蛸貝を訪ね、怪しい船の神出鬼没ぶりについて訊いた。

「なんせ夜だからはっきりしないのだが、かなり大きな船がいたと思って追いかけると、消えてしまっていたりするんだ」

と、蛸貝は言った。

「それは、小舟に分かれたということではないですか？」

「小舟に分かれる？」

そんなことは思ってもみなかったらしい。

今後、黒い怪しい小舟を警戒するよう告げ、いったん奉行所にもどると、竜之助に支倉の爺から伝言が入っていた。

「築地の土佐藩邸に来てくだされ。たいへんな事態になりました」

というのだ。

竜之助は土佐藩邸に駆けた。

ここの用人である桑江又右衛門のほか、田安家用人・支倉辰右衛門、蜂須賀家用人・川西丹波まで集まっていた。

「どうなさいました？」

「いろんなことが起きまして、ここはどうしたらよいのか、竜之助さまのお知恵を拝借したいと」

「なにが起きたのです？」

「まず、松平助三郎は、婚約解消の賠償として土佐藩の軍船一艘を求めてきたのです」

「軍船？　そうか、それが欲しかったんですね」

竜之助は合点がいった。

「意外ではないですか？」

と、桑江が訊いた。

「ええ。最初からそれが狙いだったのでしょう」

「なんと」

「猫の人形を盗んだのも、桜子姫さまを追いつめて、気鬱《きうつ》にまでし、離縁を言い出させるつもりだったのです。もちろん、それで賠償を得ようという魂胆だったのですよ」

そのために、藩邸にいる女中に芸者のふりをさせ、蟻助の家の前で喧嘩騒ぎを起こしたりしたのだ。

「なんてやつだ」

「信夫藩は内陸の藩です。当然、お船手組のような部署もなければ、下屋敷から堀に出るくらいの小舟しか持っていません。だが、これからしでかそうとすることに、どうしても軍船が欲しいのでしょう」

「これには大船でなくともよいと書いてあるな」

支倉は書状を指差した。松平助三郎から届けられたのだろう。

「ええ、知っているのです。当藩の軍船のことを」

と、桑江はうなずいた。

「狙っているものがあるわけか」

「いま、当藩の小型の軍船が浦賀に停泊しています。おそらくそのことも知っているのでしょう。すぐに江戸へ持って来られると」

「なるほど」

竜之助はうなずいた。なかなか周到な計画だったわけである。

「それで土佐藩としては？」

「前藩主の容堂公《ようどうこう》がいま江戸にいるので相談しました。やはりこちらから婚約を解消したなら、やらなければ駄目かもしれぬと」

「いや、それはいけません。お家の軍船がとんでもないことに使われますよ」

竜之助は止めた。

脅しに屈してはいけない。その前に、助三郎を人殺しの罪で捕縛できるかもしれないのだ。

と、そこへ——。

真っ青になったこの屋敷の家来が駆け込んで来た。

「桜子姫がさらわれました」

書状を手にしている。見ると、「姫さまたちは、船遊びにお出でいただいた。それとおなごがもう一人。おそらく無事にお帰りいただけるだろう」とだけ書いてあった。明らかに脅しである。

「護衛の者はいなかったのか？」

桑江が怒鳴りつけた。

「このところ、まかれてしまうらしいのです」

「なんてことだ」

「しかも、蜂須賀家の美羽姫さまもいっしょです」

「美羽さまも」

川西丹波も頭を抱えた。

「もう一人、おなごがいるとあります」

「それもどこかの姫君かもしれぬな」

支倉が不安げに言った。

「ううむ。これはやはり応じなければならぬのでは」

桑江は唸るように言った。

「応じましょう」

と、竜之助が言った。

「え？」

用人たちはいっせいに竜之助を見た。

「引き渡しのとき、いっきにケリをつけます」

「それしかないかもしれませんな」

支倉がうなずいた。

「期日は？」

「明日の晩。品川沖でと」

「わかりました」

竜之助は立ち上がった。

これからいくつも手配を済ませておかなければならない。

大捕物になるはずだった。

今晩から、蛸貝の船に乗り込むことになるだろう。

やよいにそのことを告げるため、暮れ六つ（午後六時）にはいったん役宅に帰って来た。

だが、やよいがいない。

黒之助が鳴いている。腹を空かせているらしい。

おにぎり屋のおゆきちゃんに預かってもらうことにして、

「やよいは知らないかい？」

と、黒之助を渡しながら訊いた。

「いないんですか？」

「ああ」

「昼間、きれいなお姫さまみたいな人が二人来ていましたが」

「あ」

もう一人のおなごというのは、やよいだった。

七

次の日の夜――。

土佐藩の軍船・明石丸《あかしまる》が、江戸湾に入って来た。

月は半月だが、さっきまで空はよく晴れていて、船のかたちもよく見えた。

そう大きくはないが、がっちりして、いかにも軍船のいかめしさを感じさせた。

ただ、いまは月も雲に隠され、視界はほとんど利かなくなっている。

明石丸は品川沖まで来て、錨《いかり》を下ろした。

ここで待つようにと、連絡が入っていたのだ。

竜之助は、お船手組の蛸貝の船にいる。ここで明石丸から一町ほど離れてようすを窺っている。

海風は強く、冷たい。頬は痛いくらいである。

だが、やよいがつくってくれた熊の毛皮のおかげで、身体はまったく寒くない。

そのやよいは寒い思いをしていないだろうか――竜之助は心配だった。

支倉辰右衛門と、蜂須賀家の川西丹波もいっしょである。土佐藩の用人である桑江又右衛門は、当然、明石丸のほうへ乗り込んでいる。矢崎三五郎や大滝治三郎も出張って来ているが、蛸貝の船にはぜったい乗りたくないと言うので、ほかの小舟ですぐ近くにいる。

だが、この蛸貝の船は、いざとなればかなりの速度が出る。蛸貝の判断力はともかく、腕っこきの水夫が大勢乗り込んでいるのだ。もしも追走するようなことがあれば、かなり役に立ってくれるはずである。

明石丸を遠くに見守りながら、

「竜之助さま。あの船の名は、源氏物語の明石に由来するのですぞ」

と、川西丹波が言った。

「源氏物語に？」

竜之助は訊き返した。明石とは、たしか播磨あたりの地名だったはずだが、なぜ土佐の船に？　とは思ったが、まさか源氏物語から来ているとは。

だとしたら、その名は軍船にはふさわしくないのではないか。

「土佐藩の軍船は、源氏物語にちなんだ名をつけるのが伝統でして」

「容堂公の趣味かい？」

と、竜之助は訊いた。

桜子姫の父である土佐藩の前藩主・山内容堂は、隠居したいまも隠然たる力を持ちつづけているが、武一辺倒ではなく、文にも通じた人だとの評判である。

「いや、それはどうでしょう？」

川西もそこらは自信がないらしい。

「若。助三郎の容疑は固まったのですか？」

と、支倉が訊いた。

「うん。固まった。殺された漁師の人相や身体つきで、大鷲藩の藩士・佐藤金吾《さとうきんご》という者だったこともわかった。どうも、藩主側から弟のほうへ入り込ませた密偵だったらしい」

「なるほど。それがばれて殺されたのですな」

「藩士とすると、藩内のいざこざということで町方の出番はなくなるが、とりあえず漁師殺しということで、松平助三郎を引っ張る」

「姫さまたちが心配ですな」

支倉が眉をひそめた。

「いや、それは大丈夫だよ」

竜之助はまったく心配していない。あのやよいがいっしょにいるのである。おそらく、かよわい女中にでもなりすましているのだろうが、いざとなったら下手な武士の十人より役に立つ。

「じつは、今日の昼間、入って来た話なのですが」

と、川西が口を挟んだ。

「なんだい？」

「助三郎の友人である大鷲藩の松平長九郎さまが、一昨日以来、行方知れずになっているらしいのです」

「あのお人が」

蟻助の家の前に並んでいた御仁である。

「まさか、助三郎が……」

「いや、それはあり得るぜ」

忠告すると言っていた。それで怒りを買ったのかもしれない。

「ほかに、助三郎の性格などについても聞き込みました」

「ほう」

「助三郎は、いまでこそ生きものすべて大嫌いですが、子どものころは甲虫が大好きで、自分でもいっぱい飼育していたほどだったそうです」

「甲虫か」

竜之助も好きだった。飼育したことはないが、田安家の庭にいっぱいいたので、よく取って来ては、相撲をさせて遊んだものだった。

甲虫というのはとにかく戦うことが好きで、相手を見つけると、まずやっつけようとするのだ。

「だが、その甲虫のことで、十四、五くらいのとき、兄の現藩主となにかあったらしいのです」

「なにか？」

「それはほとんど知る者はいないらしいのですが、二人の仲が決裂したきっかけになったみたいです」

「ふうん」

それは興味があるが、いまは甲虫どころではない。

八

やよいは、美羽姫や桜子姫といっしょに、奇妙な舟に乗せられていた。

いや、舟自体はとくにおかしなものではない。ごくふつうの小舟である。

ただ、それが八艘ほど、木枠のようなものでつなぎ止められているのだ。

先頭に二艘、次の列に三艘、三列目に二艘、そして最後尾に一艘。

しかも、これら八艘の舟には、かんたんだが屋根が取りつけられ、離れてみると、楕円のかたちに頭上を覆っている。

これらは、岸を離れるときは別々の舟だった。

夜、沖の上で、合体したのである。

そして、この舟群は、大きなクジラのかたちに変身したのである。

——偽装だ。

と、やよいは思った。

なにかをごまかすため、この舟はクジラを装い、さらになにかあれば、すばやく八つに分かれて、ごくふつうの舟となるのだ。

やよいは合体するところを目撃していたが、枠を引っかけたり、上にかぶせたりするだけで、あっという間に組み立てられてしまうのだ。外すのだって、かんたんだろう。

このところ、竜之助は魚河岸からいなくなったクジラを探していると言っていた。

——それは、これのことだったのだ……。

桜子姫と美羽姫は、すっかり怯えて、舟にうずくまっている。

美羽姫のほうはまだ気の強いところがあって、近づく連中に悪態をついてみたりするが、桜子姫はめそめそ泣きっぱなしだった。

昨日の昼。

二人は突然、八丁堀の竜之助の役宅に現われ、

「わらわたちは男を見て歩いているのですが」

と、びっくりするようなことを言い出した。

「それでなかなか竜之助さまのような男はいない。どうしてなのか、いっしょに住んでいる人に訊こうと思ってやって来たのです」

「そんなこと……」

「竜之助さまが、身分を偽っているのはわかっています。もちろん、それは承知のうえですぞ」

「はあ」

「そなたとは、わらわたちは以前会っていますね？」

「はい」

象の騒ぎのとき、美羽姫の屋敷を訪ねたりもした。

「どうじゃ。竜之助さまのどういうところが、ほかと違っている？」

「急にそんなことをおっしゃられても」

もちろんやよいは、竜之助が世界でいちばん素敵な男だと思っている。だが、それは好きだからで、本当に素敵なのかはわからない。

「どこがいい？」

姫たちは本気らしい。

つまり、男の真贋《しんがん》の見定め方みたいなことが訊きたいのだろう。

当たっているかどうかはわからないが、答えるのは礼義だろう。

「もちろん、竜之助さまにも欠点はたくさんおありだと思います」

「そうなのか」

「なんというか、あんなお屋敷で暮らした人ですから、頓珍漢《とんちんかん》なところがいっぱいおありです」

「うん、うん」

「女ごころもちゃんとわかっているとは思えません」

やよいはこんなに好きなのに、それに瓦版屋のお佐紀も同じ気持ちでいるはずだが、竜之助はそうした思いに応えてはくれない。

「だから、女からすると、ちょっと苛々《いらいら》したり、じれったく思えたりするところもけっこうあると思います」

「ふむ、ふむ」

「ただ、なんというか……」

やよいは竜之助のことを思い浮かべてみた。

すると、思い浮かんだのは、茫洋《ぼうよう》としているが、ゆったりと大きな姿だった。

「竜之助さまって、人間が大きいんです」

「大きい？」

「はい。遠くを見ているんです。それは自分のこととか、日本のことだけでなく、なにかわからない遠い景色なんです。それで、その遠くから、またこっち側を見ることができる人なんです」

「遠くからか」

「わかるような、わからぬような」

「ぜんぶがぜんぶ、そういう大きな気持ちに充たされているとは思いませんよ。

でも、いちばん真ん中に、竜之助さまはそういう大きなものを持っている気がするんです」

「それは難しいね」

「そんな人いるかな」

姫たちは、さかんに首をかしげた。

そのときだった。

いきなり、四、五人の男たちが現われ、姫二人に刃を突きつけ、

「騒ぐな。このままいっしょに来てもらう。そなたもいっしょに参れ」

と、八丁堀のすぐ近くに泊めてあった舟に乗せられ、沖まで連れて来られたのだった。

もっとも、やよいは逃げようと思えばいくらでも逃げられたが、この姫二人を助けるため、わざといっしょにいるのである。

やよいは慰めたり、安心させたりしたいが、ここは敵に油断させなければならない。弱々しい女中のふりをして、

「きゃあ」

とか悲鳴を上げたりしている。

姫たちを助ける自信はある。

さっき桜子姫から懐剣を預かった。

武芸に自信があるか尋ねると、

「美羽さまと違ってからっきし」

という答えだったので、

「わたしが持っているほうが、姫さまたちをお守りするうえでも、かならずお役に立てると思います」

そう言って借りていた。

飾り物のような意匠だが、さすがに拵《こしら》えはしっかりしていて、充分、武器として使える。これがあれば、二人を守り切ることができる。

ただ、気になったのは、この舟に大砲が乗っていることだった。

ちゃんと磨かれていて、じっさい使えるものである。

こんなところで大砲を撃てば、標的には大損害が生じるだろう。

さらに、もう一つ。

助三郎の腰に差した剣の鞘が、やたら太いのである。ふつうの男の腕の太さくらいある。あれがふつうの剣をおさめた鞘とはとても思えない。

――そのことだけは、竜之助さまにお伝えできないか。

「受け渡しの刻限は、子《ね》の刻ぴったりだ」

松平助三郎が、周囲を見回して言った。

「ぴったりという訳にはいかないでしょう」

と、用人の大瀬丈右衛門が言った。

「鐘が鳴るだろうが」

「ここまで聞こえますかな」

「刻限のことでわしに抜かりがあると思うか？」

「と、おっしゃいますと？」

「あそこの品川の浜辺と、時の鐘が鳴ったら松明《たいまつ》を回すよう手配してきた」

「そうでしたか」

用人がうんざりしたような顔をしたのは、やよいにもわかった。

男たちの話から、ずいぶん事情も見えてきた。

桜子姫の許嫁だったのは、信夫藩の松平助三郎。藩主の弟に当たる。

助三郎たちは、数年前から藩士に脱藩を勧め、その受け皿として〈海兵隊〉をつくろうとしていた。

だが、内陸の藩ゆえ、軍船など持っていない。それで、買うより奪うという策に出ることにした。

そのため、桜子姫を利用したのだ。

助三郎は、軍船を入手したら、すぐにでも戦がしたいらしい。

だが、用人の意見は違う。

「戦わなくていいのです」

と、用人は言った。

「馬鹿。戦わずしてどうする?」

助三郎は喚《わめ》いた。

「まず、海兵隊を旗揚げして、徐々に人数を増やせばいいのです」

「そんな悠長なことをやってられるか。入手したら、そのまま異国の船と一戦だ」

と、物騒なことを言った。

その前に、なんとかして姫たちを逃がさなければならない。

「若はもう尋常ではありませんな」

用人が言った。

「なにを言う」

「本多喬四郎のことを、わたしが知らないとでもお思いでしたか?」

「おのれ……」

「たかが甲虫のこととは言いますまい。元服前の男の子なら夢中になる気持ちもわかりますし、それで恨みを持っても不思議はありません。だが、どこかでその愚かさに気づき、兄君を許し、本多の霊を弔うようになるのではと期待していました。ですが、若の性格は偏頗《へんぱ》なものになるばかりですな」

「兄上と本多が悪いのではないか。わしがいちばん大事にしていた大関の甲虫をそっと交換し、兄上にやったのだぞ、本多喬四郎は。あんなことは武士のすることではない。殺されても当然だった!」

助三郎の目が気味悪くつり上がっている。

「だが、それはもうお忘れなさい」

「忘れていたのをお前が思い出させたのではないか」

「忘れておりませぬ。それを乗り越え、もっと大きな男におなりなさい」

「大瀬までそれを言うか」

「わたしまで？」

「長九郎もそれを言った」

「松平長九郎さま。ずっと友人でいてくれた大事な方ではありませぬか」

「あんなやつ、死んで当然だ」

「死んで当然？　死んだのですか？　え、まさか」

やよいにはよくわからない話だった。

わかるのは、この助三郎がすでに家来たちからも浮いているということだった。

家来たちは皆、大瀬という用人のほうを信頼しているのだ。

「無駄な人殺しをなさいましたな」

用人は助三郎を責める口調で言った。

「黙れ、大瀬」

「もう、若さまとしてのわがままは通りませぬぞ。これは国事と言っていいことなのですから」

「なんだと」

助三郎が刀に手をかけた。

あの太い刀である。むしろ使ってくれたほうが、中身もわかる。

「若。やめてください」

「大瀬さまはわれらにとって大事な方」

「大瀬さまを斬るなら、われらも」

家来たちが口々に止めた。

「ううう」

こうまで止められれば、助三郎も動けない。

「若。とりあえず、軍船を得るまでは協力し合いましょう」

と、大瀬が言った。

「軍船を」

「われらにとっても、あれをなんとしても得なければなりません。それからのことは、また考えましょう」

「わかった」

と、助三郎は刀から手を離した。

こうしたやりとりをわきで聞いていて、

——この人たちはすぐに決裂する。

と、思った。

ただ、それはやよいにはどうでもいいことである。

心配なのは、この助三郎の短慮。

つまり、自棄《やけ》を起こされるのが、いちばん心配だった。

九

品川のほうで、松明の明かりが揺れるのが見えた。

まもなく、海の上を鐘の音も流れてきた。

子の刻になったのだ。

明石丸に、松平助三郎のクジラ舟が接近した。

「さあ、明石丸を渡してもらうぞ」

助三郎はつないだ舟の先端のほうへ行き、下から怒鳴った。

「渡すが、桜子姫をさらったであろう」

船の上から、用人の桑江又右衛門が怒鳴った。

「桑江！」

桜子姫が、懐かしそうに、桑江の名を呼んだ。

「さらったなどと人聞きが悪い。許嫁をわが舟に招いただけだ。その軍船を渡してもらうまでは、わが許嫁だからな」

助三郎はぬけぬけと言った。

「では、まず、桜子姫たちを解放してくれ。そうしたら、この船を渡す」

「逆だ。まず、そなたたち乗組員が皆、その船から降りろ。そうしたら、姫たちを解放してやる」

おなじみの人質交換である。

この方法によって、どっちかが有利になる。

助三郎の言うことを聞けば、桜子姫たちを奪還できないまま、明石丸が奪われる恐れもある。

「駄目だ。だいたい、降りろと言われても、ここは岸ではない。溺れてしまうではないか」

「だったら、舟を貸してやる。ほら、ここに降りて来い」

クジラの最後尾から舟が一艘離れて、軍船の下に近づいた。

このやりとりを、竜之助たちは耳を澄まして聞いていた。

クジラ舟が近づくのを見て、蛸貝の船も闇にまぎれながら、わずかずつ明石丸に接近していたのだ。

やりとりは不利になっていた。

このままでは、すべて奪われ、桑江たち乗組員だけが乗った舟だけが、取り残されることになりかねない。

月が雲に隠れているため、姫たちの安否も確認できない。せめて明石丸の先端で篝火《かがりび》でも焚《た》いてくれたらいいのだが、それもない。

「蛸貝さん。もうちょっと近づいてくれ」

竜之助は小声で言った。

「よし」

「ゆっくりだぞ。突進だけはしないでくれ」

「わかってる。わしを猪突猛進だけの馬鹿といっしょにするな」

蛸貝は、世評とは違うことを言った。

「矢崎さん」

近くにいる矢崎を呼んだ。

「おう」

「交渉は決裂すると思います。そうしたら、矢崎さんたちは右手のほうから近づき、松平助三郎を捕縛に来たと叫んでください」

「そっちはどうする？」

「姫たちを助けるのを最優先に行動しますので、まずはそっちで注意を引きつけてください」

「わかった」

矢崎と大滝が乗った舟が、明石丸の後ろのほうへと向かい、竜之助が乗ったこの船は横から徐々にクジラの横へ近づいて行った。

十

八艘の舟には、ぜんぶで十六人の武士が乗っていた。

皆、漁師の恰好《かっこう》だが、腰には二刀差し、胴に鎧《よろい》をつけた者もいて、いつでも戦闘に入れる態勢だった。

いま、その十六人は、クジラの舟の前方に集まり、女三人は後方へと下げられていた。

明石丸と助三郎のやりとりにじいっと聞き入っていたやよいだったが、

「おい」

急に後ろから呼ばれてどきりとした。

「え？」

やよいが振り向くと、

「静かにしろ。助けに来たのだ」

水の中に男が一人いて、そう言った。

男は裸だった。この寒いのに、泳いで来たらしい。

「町方の人ですか？」

「違う。この近くに停泊していた船の者だ。あいつらのやりとりでだいたいのことはわかった。助けるから、この縄に身体を縛れ」

と、手を伸ばし、縄の先を摑むようにした。

「どうするんです？」

「おれはまた、船にもどる。それから、できるだけ船を近づけたら、この綱を引いて、あんたたちを吊り上げるのさ」

「まあ」

「ほら、早くしてくれ。おれだって寒いんだ」

「わかりました。では、こちらの二人をお願いします」

「あんたは？」

「わたしは町方の者です。心配要りません」

やよいはそう言って、美羽姫と桜子姫の身体に綱を結んだ。

後ろを見て、闇に目を凝らすと、本当に近くに大きな船が来ていた。

「じゃあな」

男はそう言って、その船のほうへもどって行った。

そのとき、明石丸のほうで大きな声がした。

「やいやい、松平助三郎」

轟《とどろ》いたのは、矢崎三五郎の声だった。

同時に、ぽぉーっと提灯《ちょうちん》の明かりが点《とも》った。それには、

「御用」

の文字が大書されている。

「この船を渡す必要はない。松平助三郎は、漁師殺しの罪で、南町奉行所が捕縛する」

「馬鹿な。町方ふぜいがわしを捕縛することはできぬ」

「あいにくだな。すでに各方面に根回しは済んでいる。もう、逃れられないのだ」

「くそっ。能無しの幕府の犬どもが！」

松平助三郎が激昂《げっこう》した。

あと少しのところだったのである。

お船手組の船がクジラのそばにつけるところまで、ほんの数間あるだけだったのである。

竜之助は、ここから飛び移るつもりだった。

だが、思ったより早く、矢崎が騒ぎ出してしまった。

「よし。こうなったらぶっ放せ！」

助三郎が喚いた。

——ぶっ放す？

予想外のことが起きようとしていた。

火薬の臭いが漂った。

——おい、まさか。
大砲を撃つ気かと唖然《あぜん》とした。
どぉーん。
と、凄まじい音が轟いた。

十一

大砲は発射された。
だが、見かけは大きくても、しょせんは小舟の上である。
大砲の反動は凄まじい。
大砲そのものが後ろにはじけ飛んだ。
その衝撃で、つながれていた小舟がたちまちばらばらになった。
「あっ」
竜之助はどうしようもない。
飛び出た弾がなにかに当たった気配はない。
まもなく、数町ほど向こうで、大きな波しぶきの上がる音がした。
大砲の弾は逸《そ》れたのだ。

「明かりを向けろ。明かりだ！」

竜之助は叫んだ。

とにかく、なにがどうなったか、混乱をしっかり見極めなければならない。

綱に結ばれていた二人の姫君が、後ろにぐぐっと引っ張られたのと、小舟の列が凄い衝撃で下がるのと、ほぼ同時だった。

「きゃあ」

と、喚いたとき、姫たちの身体は宙に浮いていた。

海に落ちるのかと思ったが落ちない。

そのまま、さらに上に向かっている。

吹き飛ばされたような気もする。

だが、違った。

二人の綱は、そばまで来ていた大きな船の甲板で、大勢の男たちに引っ張られていたのである。

「よし、うまくいった」

さっきの男の声がした。

姫たちは、抱えられ、甲板の上にそっと下ろされた。

「順動丸《じゅんどうまる》へようこそ」

と、男が頼りがいのある声で言った。

それぞれの船で篝火が焚かれ、周囲の状況が見えてきた。

クジラのかたちにつながれていた小舟は、完全にばらばらになっていた。

「やよいは無事か？」

竜之助は叫んだ。

「無事です」

「桜子姫さまは？　美羽姫さまは？」

「わらわたちも無事ですよ」

意外なほうから返事がしていた。

ばらばらになった舟の上では、ほとんどの者が動きを止めていた。

なまじ重い刀や鎧を身につけていたため、大砲の衝撃ではじき飛ばされ、どこかを打ちつけて動けなくなったり、あるいは海に転がり落ちたりしたらしかった。

そのなかで、松平助三郎だけが舟を飛び移りながら、軍船明石丸によじ登ろうとしていた。

「待て！」

竜之助は後を追った。

助三郎は明石丸の真下の舟まで来ると、あらかじめ用意してあったらしい鉤《かぎ》つきの縄を上に放った。

それはすぐ、がしりと手すりに食いついたようだった。

助三郎が上り始める。

竜之助はまだ、三艘分ほど手前にいる。

――まずい。

そう思ったとき、宙を短い刀が飛んだ。

それは助三郎がぶら下がっていた縄を見事に断ち切った。

刀を飛ばしたのはやよいだった。

「やよい、見事！」

「はいっ」

爽やかな返事だった。

「くそぉ！」

落ちた助三郎が怒鳴った。

そのとき、竜之助は助三郎の舟に飛び移っていた。

雲が流れ、半月が顔を出した。

蛸貝の船や明石丸でも篝火が焚かれ、充分な明るさがある。

竜之助はゆっくりと刀を抜き放った。

刃がぎらりと、光った。その光で、刃に隠された紋が見えたらしかった。

「その刃の紋は」

助三郎が目を見開いた。

「見えたかい」

「なんで町方の同心風情が葵の紋をつけているのだ。松平を名乗る者に町方同心などいるわけがない」

「あいにくだ。おいらは松平家のお人じゃねえんだ。葵の紋もよく見ると、それぞれの家で微妙に違うのだが、ま、そんなことはどうでもいいや」

「微妙に違うのは事実だが……え、その紋は御三家、たしか田安家のご紋！」

「わかっちまったか。だが、おいらがおめえを斬るのは、徳川家の者としてじゃねえ。江戸の町人を守る町方同心、福川竜之助だ」

竜之助は風を探した。

海風はすぐわかった。

ひゅうう。

刃が泣き出した。

「葵新陰流か？」

助三郎が血の垂れるような笑みを浮かべて訊いた。

「いかにも」

「泣いてるぞ。泣き虫なのか？」

からかうように言った。

「哀れなあんたのための、もらい泣きじゃねえか」

「なんだとぉ」

「あんたこそ、凄い剣、差してるじゃねえか」

「ふっふっふ。葵新陰流も今宵が最後。見せてやるぜ、奥羽新陰流」

松平助三郎は、その太い鞘から刀を抜き放った。

かしゃ、かしゃ、かしゃ。
と、奇妙な音がした。
それとともに、とんでもない形状をした剣が姿を見せた。
刃が細かく枝分かれし、扇のかたちに広がったのである。
葉が落ちた樹木の枝ぶりにも似ている。海中のサンゴのかたちにも似ている。
だが、その一本ずつの枝は、すべて鋭い刃でできているのだった。
「なるほど。あの漁師はこれで斬られたってわけか」
いくつもの浅い傷の理由はこれでわかった。
助三郎は次に短刀のほうを抜いた。
これも短いが、形状は同じだった。
二刀を大きくふりかぶると、夜の中に不思議な樹木が出現した。
「これぞ、百刃の剣。誰にも防げぬ」
大きく振りかぶった。
わずかな沈黙があった。
先に助三郎が斬りかかった。
竜之助のほうがあとで動いた。

だが、刃の速さが違った。助三郎の剣がまだ斜めにも傾かないうち、竜之助の剣が助三郎の胴を切り裂いていた。

「この船は？」

と、美羽姫が男に訊いた。

「順動丸と言います」

「幕府の軍艦のようですね」

「そうだな。だが、乗っているわしは幕臣ではない」

「どちらの人？」

「土佐藩の者だが、去年、脱藩し、つい何日か前、師匠の勝安房守《かつあわのかみ》さまが山内容堂さまに詫びて許してもらったばかりです」

「父上に？」

桜子姫が驚いて訊いた。

「父上？　あなたは土佐の姫さまでしたか」

「お名前をお聞かせください」

「坂本竜馬《さかもとりょうま》」

竜馬は名乗るとすぐ、乗組員に向かって、船を動かすよう命じた。

明石丸と並び、姫たちを移してくれるつもりらしい。

そんな竜馬の動くようすを見ながら、

「桜子さま。いますよ、いい男は」

「竜之助さまだけではないみたいですね」

「捜しましょう、桜子さま」

「はい。やっと希望が見つかりましたね」

姫たちの顔が、夜の中で輝いていた。

十二

二日ほどして——。

竜之助は奉行所からもどって来ると、このところいつもするように、小さな黒之助を膝の上に置いた。

今日はいろんな仕事がうまくいった。

お奉行から蟻助の感状も出て、それを届けてきた。

蟻助がそれを家族に見せると、皆、感激してそれを眺めた。

また、魚河岸に立ち寄り、このあいだのクジラは、じつは小舟が寄り集まった贋物だったことも報告した。

「そういや、動きが変だったよ」

と、何人かが言った。

じつは竜之助もそれは感じていた。ただ、まさか小舟が合体してクジラになるとは、思ってもみなかったのである。

「これで、クジラ騒ぎも一件落着だ」

「はい。お疲れさまでした」

やよいは、あのクジラ汁を載せたお膳を運んできて言った。

これがまた、本当にうまいのである。

「でも、あの助三郎というお人も、弟という立場で辛い思いもずいぶんしたみたいですよ」

「ふうん」

「竜之助さまだって、つらい子ども時代があったのだと、支倉さまからお聞きしたことがあります」

「まあ、そうだけど、でも助三郎にもあったように、いま柳生全九郎《やぎゅうぜんくろう》がたぶんつらい思いをしているように、皆、あるからな」

竜之助はそう言って、黒之助の喉をくすぐった。

「みゃあ」

と、黒之助は鳴きながら、身をよじっている。

「でも、竜之助さまって、どこかそういうものを越えてしまった気がするんですよね」

飯が出され、竜之助は食べはじめながら、

「おいらが？　それって悟りってこと？　まるで悟ってなんかいねえよ」

「いいえ、どこか、遠いところに行って、そこからこっちを見てきたみたいな」

やよいは、美羽姫と桜子姫に言ったことを、竜之助にも言ってみた。

「遠いところに？　あ、そう言えば……」

「行って来たんですか？」

「おいら昔、金縛りにあったことがあるんだよ。あれって、一度死んで、あの世から帰って来たのかな」

「ぷっ。竜之助さまったら」

「でも、遠いところには行ってみてえよな。遥かな遠い国とかさ」

竜之助はそう言って、本当に遠くを見るような目をした。

「やっぱり、竜之助さまってクジラのように大きな人間ですね」

「でも、クジラは寄ってたかって銛を刺され、殺されちまうぜ」

「まあ。だったら、あまり大きな人間にはならないでください。たぶん、生きにくくなってしまいますから」

そうは言ったが、竜之助が遠くを見る顔に、やよいはどうしてもクジラの悠々と泳ぐ姿を重ねてしまうのだった。

本書は２０１４年７月に小社より刊行
された作品の新装版です。

双葉文庫

か-29-65

新《しん》・若《わか》さま同心《どうしん》　徳川竜之助《とくがわりゅうのすけ》【七】

大鯨《おおくじら》の怪《かい》〈新装版《しんそうばん》〉

2025年1月15日　第1刷発行

【著者】

風野真知雄《かぜのまちお》

【発行者】

箕浦克史

【発行所】

株式会社双葉社

〒162-8540 東京都新宿区東五軒町3番28号

［電話］03-5261-4818（営業部）　03-5261-4831（編集部）

www.futabasha.co.jp（双葉社の書籍・コミックが買えます）

【印刷所】

中央精版印刷株式会社

【製本所】

中央精版印刷株式会社

【フォーマット・デザイン】

日下潤一

ISBN978-4-575-67229-9 C0193
Printed in Japan

井原忠政

三河雑兵心得

鉄砲大将仁義

戦国時代小説
〈書き下ろし〉

信長の号令一下、甲州征伐が始まった。徳川に寝返った穴山梅雪の妻子を脱出させるため、茂兵衛は武田の本国・甲斐に潜入するが……。

井原忠政

三河雑兵心得

伊賀越仁義

戦国時代小説
〈書き下ろし〉

信長、本能寺に死す！　敵中突破をはかる家康一行の殿軍についた茂兵衛、伊賀路を越えられるのか⁉　大人気シリーズ第七弾！

井原忠政

三河雑兵心得

小牧長久手仁義

戦国時代小説
〈書き下ろし〉

秀吉との対決へ気勢を上げる家臣団に頭を悩ませる家康。信長なき世をめぐり事態は風雲急を告げ、茂兵衛たちは新たな戦いに身を投じる！

井原忠政

三河雑兵心得

上田合戦仁義

戦国時代小説
〈書き下ろし〉

沼田領の帰属を巡って、真田昌幸が徳川に反旗を翻した。たかが小勢力と侮った徳川勢は、昌幸の奸計に陥り、壊滅的な敗北を喫し……。

井原忠政

三河雑兵心得

馬廻役仁義

戦国時代小説
〈書き下ろし〉

真田に大敗した戦で戦場に消えた茂兵衛。「茂兵衛、討死」の報に徳川は大いに動揺する。だが、ところがどっこい、茂兵衛は生きていた！

井原忠政

三河雑兵心得

百人組頭仁義

戦国時代小説
〈書き下ろし〉

家康の養女として本多平八郎の娘が、真田昌幸の嫡男に嫁すことに。茂兵衛は「真田嫌い」の平八郎の懐柔を命じられるが……。

井原忠政

三河雑兵心得

小田原仁義

戦国時代小説
〈書き下ろし〉

いよいよ北条征伐が始まった。茂兵衛率いる鉄砲百人組は北条流の築城術に苦しめられながらも、知恵と根性をふり絞って少しずつ前進する。